uma obra de
CARLOS MARTINS
AS CONSEQUÊNCIAS DE UM SEGREDO
AF362839

CARLOS MARTINS

As consequências de um segredo

1ª EDIÇÃO

RIO DE JANEIRO

2020

Copyright © 2020 *by* Carlos Martins

Letras e Versos
Rua Vaz de Toledo, 536 - Engenho Novo - Rio de Janeiro-RJ
CEP: 20780-150 - Tel: 21 2218-6026

Projeto Gráfico - Capa
 Helena Dias

Diagramação
 Carlos Martins

Fotografia
 Fernanda Santos

Revisão
 Do Autor

Este livro foi editado segundo as normas do Acordo Ortográfico da Língua Portuguesa, vigente.

CATALOGAÇÃO NA FONTE - PCAC

M386c Martins, Carlos 1975-

 As consequências de um segredo / Carlos Martins. – 1 ed. – Rio de Janeiro:
Letras e Versos, 2020.

 260 p.; 21 cm

 ISBN-978-65-86251-40-1

 1. Literatura brasileira - Prosa. 2. Ficção. 3. Romance. I. Título.

CDD: B869
CDU: 82-3

**"Todas as coisas foram feitas por intermédio dEle, e,
sem Ele, nada do que foi feito se fez." João 01:03**

Acredito muito que "O mundo está nas mãos de quem sabe usar as palavras", eu optei em carregar comigo esse lema por ter plena certeza de que a mudança de toda a humanidade virá pelo uso correto das palavras (palavra certa no momento certo, na hora certa, e para a pessoa certa), e principalmente usar as palavras de Deus.

E quem pode dizer que as palavras contidas nesse livro não me foram dadas por Deus? Tenho consciência de que sem a constante ajuda d'Ele nada disso se tornaria realidade; então, a **Ele toda a honra, toda a glória e todo o meu agradecimento, pois sei que sem Ele, esse livro não existiria;** E aliás, a minha vida não existiria.

E por falar em agradecer, eu não posso deixar de agradecer também a minha amada esposa pelo incentivo e pela participação primordial em toda a construção desse livro.

Eu te amo muito Fernanda!

Carlos Martins

As consequências de um segredo

té onde um único segredo pode mudar a vida de tantas pessoas? Como é possível que a omissão da sinceridade possa trazer consequências impossíveis de serem revertidas?

O que vivemos hoje são frutos do que aconteceu ontem e quando existe algo guardado, encoberto e oculto esses frutos podem afetar mais de uma pessoa, e até mesmo uma família inteira. E quando nosso segredo acarreta dor, angustia, atos ilícitos, luxuria, agressões físicas e uma mudança completa para nossa família, como agir? Antonella, Pietra e Vitorino fazem parte de uma família que terá a missão de conviver com tudo isso e ainda sobreviver a um terrível segredo.

Esse livro traz uma história que poderia acontecer com qualquer um, qualquer pessoa ou qualquer família; a história de uma família normal que teve sua trajetória mudada por conta de um único segredo e que viu através de acontecimentos atípicos uma transformação em tudo aquilo que viveu durante anos; a intensidade dos acontecimentos desse livro vão prender o leitor trazendo espanto com seu final fora de qualquer expectativa.

Até onde um amor impossível pela sociedade vai ganhar força e desafiar tudo?

Tenha uma ótima leitura!

Capítulo 1 - Gênesis

Rio de janeiro, terra tida como a cidade maravilhosa... Para muitos, uma cidade turística e abrangente de diversas culturas; para outras pessoas, uma cidade rica! Uma cidade grande em sua extensão! Uma oportunidade de ganhar mais! Porém, a cidade do Rio de Janeiro é o lar de diversas pessoas sofridas, de diversas pessoas anuladas em suas vidas e de diversas famílias que buscando um novo lar saíram de suas verdadeiras terras para adotar o Rio como sendo seu novo paradeiro... Seu novo lar.

Assim aconteceu com a família Panacera que já há muitos anos havia deixado a Itália com a intenção de aportar no Brasil, fizeram do RJ sua nova casa e por vários anos os seus novos descendentes, esses sim brasileiros e cariocas, nasceram, cresceram, se multiplicaram e puseram um tom de drama e dor em sua passagem pelo Brasil.

Sexagenária, a família Panacera vinha de longas datas acumulando mortes em guerras. Sim, sempre algum membro da família era vítima fatal em acontecimentos históricos de guerrilha. Foi assim na Itália nos anos passados e também assim quando alguns de seus pertencentes vieram morar no Brasil.

Alfredo Panacera tornou-se policial militar na cidade do Rio de Janeiro e aplicou toda sua força em servir ao propósito que nasceu dentro dele que era o cumprimento do dever policial. Ele dedicou-se a polícia militar durante muito tempo, e durante esse período viu várias vezes os confrontos com traficantes acabar em mortes tanto de bandidos como de policiais e, fatalmente, num desses confrontos com traficantes acabou por ser o mais recente na estatística da família de sempre perder um de seus membros em guerras. Em um tiroteio, foi alvejado pelas costas com um projétil na cabeça sem sequer ver quem foi o seu algoz. Os relatos das testemunhas são apenas a fuga do assassino usando uma motocicleta cromada com a inscrição em inglês ***BURNED FROM BELOW***; durante muito tempo a polícia investigou essa informação sem nada achar e o caso acabou caindo no esquecimento de quase todos. Quase, porque a família jamais esqueceu nenhuma dessas informações.

Principalmente para a viúva, Antonella Panacera, pois coube a ela criar e educar seus dois filhos sozinha e para isso todos os trabalhos possíveis ela teve a coragem de encarar na intenção de nada faltar aos seus filhos. Desde a morte de seu marido, ela trazia um semblante triste e ficou raro notar algum motivo de felicidade daquela mulher; já de meia idade, Antonella fechou sua vida para tudo que não girasse em volta de seus dois filhos. Manter o que restou da família e todas as lembranças que trazia de seu esposo, faziam daquela mulher uma pessoa focada, porém agarrada aos seus fantasmas vindos à sua mente todos os dias por conta de tudo que já havia vivido.

Uma chave de carro presa ao pescoço por um cordão, as fugas da realidade por momentos trancada dentro desse carro e o inexplicável apego a esse veículo não deixavam claro o que passava na mente de Antonella e mais ainda indignava seus filhos, afinal por qual motivo não se desfazer do obsoleto veículo guardado na garagem da família? Sempre que questionada por qual motivo ela amava tanto e mantinha aquele veículo lá intacto, ela simplesmente dizia que era um sentimento de apego ao único bem que havia sido deixado pelo amado esposo. Caso a conversa fosse estendida, a resposta já se tornava mais áspera e vinha seguida de um virar de costas e saída do recinto, geralmente com lágrimas incontroláveis em seus olhos. Não tinham os filhos como descobrir a razão do pranto, pois a mãe jamais relatava algo sobre, e no automóvel apenas ela entrava por trazer a chave atrelada à um cordão que nunca saía de seu pescoço. Assim caminhava a família Panacera em busca de sua reconstrução.

Em meio a toda indignação e dúvidas sobre tudo o jovem Vitorino Panacera, 22 anos, ficou rebelde após a morte do pai; mesmo sendo ainda bem novo quando tudo aconteceu ele guardava a imagem do pai posto em um caixão e a sensação de injustiça tomava sua mente, seus pensamentos envolviam vingança contra o sistema e nem mesmo a presença afetiva de sua mãe o faziam ver o mundo em volta, sua vontade era fazer somente aquilo que lhe agradava. Um rebelde sem causa, um jovem com mentalidade aquém da sociedade e perdido pelas ruas do Rio de Janeiro. A juventude de Vitorino foi marcada por vários fracassos; não terminou os estudos mesmo a base de muita pressão por parte da mãe e o trabalho de entregador era somente um recurso para estar longe de casa, usufruir seu vício e externar sua rebeldia pichando muros e paredes pela cidade.

Sem a menor perspectiva de vida, Vitorino fazia sucesso entre seus amigos de noitada e colecionava casos amorosos gabando-se de nunca se apegar a ninguém; a fama de conquistador trazia-lhe uma sensação de poder incrível! Saber que tinha todas as mulheres aos seus pés no dia e na hora que quisesse o fazia ter dentro de si mais um motivo para acreditar ser ele o avesso de modelo da sociedade. Tudo que ele queria.

Pietra Panacera,19 anos, a filha de Antonella, vivia triste com tudo em função de todo o sofrimento que estava instaurado em sua casa e buscava de todas as formas um meio de ajudar e de existir... Sonhadora e fantasiosa estava à espera de um amor que fosse pra sempre e no auge dos seus 19 anos, acreditava ser possível que os amores fossem eternos como os contos de fadas. Pietra trabalha como secretária em um consultório médico e a paixão pela medicina crescia dentro dela; vislumbrava a carreira de pediatra e nada tirava isso de sua mente. Sempre que podia estava mergulhada em livros e perguntando aos profissionais da área dúvidas que apareciam oriundas de suas leituras.

Dias desses um médico questionou o motivo de tanto interesse e pouca ação em relação à medicina; de pronto, Pietra respondeu que faltava dinheiro para colocar tudo que deseja em prática porem isso não seria empecilho para o salto de seu futuro. Pietra era determinada, mas a preocupação maior era dar uma vida de paz pra sua mãe. Só que a vida trazia novidades diárias para essa família, e tudo que eles queriam teria que ser conquistado à base de muita lágrima.

A rotina de Vitorino limitava-se entre o trabalho de entregador e suas fugidas para lugares altos onde pudesse ficar a só e fumar sua maconha sem que ninguém o censurasse; idas e vindas entre pichações com os amigos e as eternas fugas da polícia faziam com que ele colocasse pra fora toda aquela rebeldia sentida pela morte do pai.

_ Vitorino, por onde você andou?

_ Por aí mãe.

_ Sempre a mesma resposta... Filho, você precisa entender que eu, você e sua irmã estamos sozinhos e juntos podemos mudar nossa vida, mas separados não vai dar.

_ Se meu pai estivesse aqui não seria tão difícil!

_ Mas ele não está! Eu bem mais que você ou qualquer outra pessoa gostaria que ele estivesse!

_ Chora não mãe. A senhora fica feia quando chora.

Saiu da sala com ar de fome e dirigiu-se até a geladeira enquanto Antonella chorava, e assim seria por mais uma noite.

Como de costume, Antonella viu o nascer da primeira estrela e acompanhou também quando a última sumiu do céu em mais uma das muitas noites que passou às claras lamentando todas as escolhas feitas por ela.

_ Mãe, disse Pietra ainda na porta do quarto da mãe.

_ O que foi minha filha?

_ Você vai se atrasar pro trabalho. Está tudo bem?

_ Sim, está. Só a mesma preocupação de sempre: seu irmão.

_ Ele não passa de uma criança mimada. Sabe o que você devia fazer? Mandar ele procurar um outro lugar pra viver! Ahh sei lá tô cansada de ver o Vitorino tratando a gente como lixo.

_ Calma, ele só é assim porque sente a falta de seu pai.

_ A senhora acha que eu não? E nem por isso saio agindo assim. Tô indo, vou trabalhar.

E saiu... Mais um dia começando e trazendo para aquela família todas as incertezas de sempre. O coração de Pietra se dividia entre querer mudar a vida da mãe, e querer mudar a própria vida. A jovem nutria dentro de si a certeza que sua mãe precisava muito dela.

Capítulo 2 – Encontros que mudam

Chovia na cidade... O Rio de Janeiro quando tem qualquer chuva vira um caos, o trânsito, o andar das pessoas muda com a pressa de chegar em casa, a vida do povo carioca ganha um UP que faz mudar muito toda sua rotina. E nessa chuva da tarde, acontece um incidente que tem tudo para causar uma reviravolta na vida dos Panacera.

Saindo do consultório onde trabalha Pietra tomou um enorme susto com barulhos de carros em alta velocidade, gente correndo pra todos os lados e disparos de tiros, barulhos de pneus queimando no chão das avenidas em freadas bruscas e abruptas. A gritaria tomou conta do lugar e Pietra simplesmente procurava um lugar onde pudesse estar à salva quando seu braço foi agarrado com força por um jovem com rosto de espantado. Com uma arma em punho, ele olha pra Pietra e de forma agressiva ordena:

_ Cala a boca ou morre! cê vai ser meu caminho de fuga, entendeu? Disse um homem moreno queimado de sol, com cabelos cacheados e o corpo tatuado. Chamava a atenção o cordão grosso com um cifrão que ele carregava e a expressão de medo em seus olhos trouxe para Pietra a certeza de que precisa obedecer e ajudar.

_ Calma, vem comigo... Vou te ajudar a fugir. Disse Pietra pegando a mão do jovem e o conduzindo pelo caminho que dá acesso aos fundos do consultório onde ela trabalha. Enquanto caminhavam, ela não parava de olhar o cordão com símbolo de cifrão, o brilho, e o tamanho chamavam muito a sua atenção.

Com todo cuidado da terra, ela o leva ao depósito de materiais sempre temendo ser descoberta, mas em hora alguma ela temeu ser agredida pelo jovem; a beleza dele estava exercendo um fascínio muito grande em Pietra e isso, de certa forma, trazia a certeza de que nada de mau aconteceria ali. Sentaram-se e ela viu o quanto estava nervoso o jovem transgressor.

_ Foi assalto? Perguntou Pietra.

_ O que?

_ Você participou de um assalto?

_ Ah sim, foi.

_ Não deu certo né?

_ Tava tudo de boa, mas os "meganhas" "chego" e "estrago" nosso lance. "Tu quer" saber demais mocinha. Disse o jovem apontando a arma para Pietra.

_ Fica calmo, eu disse que vou te ajudar. Pietra levanta em direção à bancada de remédios e volta na direção do jovem trazendo um comprimido.

_ Toma você está precisando se acalmar.

_ Cê acha que vou tomar isso ai??! Pirou gatinha!?

_ Olha aqui! Presta atenção no que vou te falar, eu tô colocando meu emprego em risco pra te ajudar e esse comprimido aqui é só porque você tá tremendo muito e pode dar um treco aqui e isso ia chamar a atenção de quem está lá fora. Não que tomar? Tudo bem, agora não dúvida da minha ajuda não. Ah... e a propósito, meu nome é Pietra. Disse a jovem destemida estendendo a mão na direção do jovem.

_ Pô... foi mal aí.

_ Dá pelo menos pra apertar minha mão e dizer seu nome?

_ Antônio. Antônio Carlos de Almeida.

_ Hummm, e no meio do movimento, qual seu nome?

_Como é? Disse rindo. Me chamam de Toninho Sibite.

_ Hummm Sibite, isso é o nome dado ao milho de pipoca que pula na panela enquanto o fogo queima por baixo; no Nordeste é como chamam alguém que gosta de aparecer: Sibite... Gostei.

_ É isso mesmo! Quando eu tô na parada, quem aparece sou eu! E só eu.

E o aperto de mão parecia não ter fim.

Conversaram por horas sem perceber que a noite caiu e já não havia mais nenhum perigo na rua.

_ Acho que já podemos sair. Afirmou Sibite.

_ É. Acho que queria te ver novamente. Disse Pietra com um suspiro longo acompanhando o largo sorriso no rosto.

_ Olha, seria muito bom te ver.

_ Você já sabe onde eu trabalho, mas acho que não pode vir aqui assim né? Então vamos fazer assim, pega meu número e liga dizendo onde posso te ver. Ok?

_ Novinha, cê é maluquinha. Te ligo amanhã.

O que era pra ser um beijo de despedida virou um selinho; o que deixou ambos completamente envergonhados. Após indicar o caminho pra saída, Pietra olha sua nova amizade indo embora e em sua mente só um pensamento povoava: o selinho.

Pietra era uma jovem bonita, muitos homens a cortejavam porem nenhum chamou tanto a sua atenção como Toninho. Os olhos dela ao caminhar pra casa traziam um brilho diferente e até os passos que trilhava em direção ao lar estavam mais sublimes; parecia que Pietra estava numa outra dimensão. Como quem flutuava ao andar, ela vai caminhando demonstrando um certo tom de felicidade; era estranho para ela, afinal ela acabara de ajudar um assaltante em fuga e mais que isso, dera um beijo nele. Os minutos que levava andando normalmente até chegar em casa aumentaram um pouco tamanha era a demora dos passos, a calma e leveza com a qual punha e tirava seus pés do chão. Pietra olhava para trás na esperança de ser novamente surpreendida por aquele agressor, e vez por outra em seu caminhar podia se ver os seus lábios pronunciando o nome Sibite.

Chegando em casa sua mãe e irmão estavam preocupados pois souberam do assalto próximo ao consultório. Ela relatou que voltou para o consultório e ficou por lá até que acabasse o perigo, disse ainda que estava tão nervosa que nem sequer pensou em ligar avisando. Ainda com ares de apaixonada, Pietra vai a caminho de seu quarto sem dizer mais nenhuma palavra. Já deitada, pensa em como estará àquele jovem tão fascinante, tenta imaginar se ele realmente ligaria e se teria chance de novamente ver aquele que despertara dentro dela tanto fascínio. O sono demorou a vir, sua mente alucinada esperava a ligação do dia seguinte e imaginava como e o que dizer a ele caso ligasse; nunca se sentiu assim, era novidade para ela.

Na manhã seguinte Vitorino acordou em seu horário habitual, sentindo dores pelo corpo costumeiras, a já familiar tontura e sem comer nada ou falar com ninguém sai de casa com aparente pressa; só que ao invés de ir ao trabalho, junta toda sua galera e parte de moto em direção das praias da zona sul do Rio de Janeiro. Seria mais um dia que ele faltaria ao trabalho para desafiar a sociedade; vez por outra, ele reunia sua trupe e saia por aí fazendo arruaças típicas de vândalos, mas, em momento algum isso o amedrontava. Avançando sinais vermelhos, passando por cima das calçadas aos gritos e rompendo todos os limites de velocidade, pensavam eles que estavam desafiando a sociedade e ultrajando regras. Isso era rebeldia na visão de Vitorino.

De repente, Vitorino foi obrigado a uma freada brusca em um sinal fechado para não atropelar uma jovem que atravessa a rua distraída carregando alguns livros em sua mão. A moto derrapa fazendo com que a perna de Vitorino seja machucada!

_ Você está bem? Pergunta a moça com tom de assustada.

_ Não tá vendo a minha perna? Você é doida ao atravessar a rua assim!

_ Doida? Ahhh faça-me um favor! Você quase me mata atropelada e ainda quer estar certo? Você é um irresponsável!

_ Cala a boca e me ajuda levantar.

_ Eu? Fica aí esperando. Respondeu a moça dando de ombros.

E saiu sem olhar para trás enquanto alguns pedestres ajudavam Vitorino a se recuperar. Os arranhões do acidente foram leves, mas as palavras daquela moça trouxeram uma dor bem maior para ele. Notou no ar um perfume leve que ele nunca havia sentido; a doçura desse perfume o fez deixar seus planos e seguir a moça misteriosa e de língua afiada. Seus passos firmes e rápidos a levaram até um prédio antigo onde funcionava uma biblioteca. Mantendo sua perseguição, Vitorino fica de longe observando a dona do perfume que o encantara e logo, o doce e atraente sorriso daquela linda jovem o faz parar por alguns minutos olhando... só olhando.

Rita era a atendente daquela biblioteca. Sempre com um sorriso no rosto, ela tratava todos os clientes com atenção e não tinha um só que não se encantasse com o sorriso e a doçura daquela jovem. Seus cabelos lisos e negros contrastavam com sua pele branca, como quem a muito não toma sol, e deixavam realçar os olhos vivos e intensos; o corpo modelado chamava ainda mais a atenção quando Rita caminhava com sensualidade e um jeito carioca de ser mulher.

Vitorino voltou pra casa, não tinha como trabalhar ou ir à praia, ou ainda fazer mais nada além de pensar naquela doce visão que ele conheceu. Dia seguinte, voltou à frente da biblioteca na ânsia de vê-la.

Enquanto esse desencontro acontecia, no consultório, Pietra recebe uma insólita e esperada ligação.

_ Alô

_ Oi, menina maluquinha, tá de boa aí?

_ Pensei que não fosse ligar mais. Tudo bem Sibite?

_ De boa. Quero te ver. Posso mandar alguém te pegar aí?

Pietra tremeu, seu coração acelerou, mas não hesitou em dizer que sim, que poderia ser naquele mesmo dia o tal encontro. Marcaram e ela não pensou em outra coisa durante todo aquele dia.

Hora do almoço na biblioteca, Rita sai como de hábito para comer e é abordada por uma moto; Vitorino fecha o caminho da jovem e começa a tentar ser gentil.

_ Mereço saber pelo menos o seu nome, né?

_ O que você faz aqui? Me seguiu? Tá de onda!

_ Calma, só queria me desculpar.

_Ok... Pode começar.

_ Como posso se não sei o nome da pessoa que devo me desculpar?

_ Cara chato! Meu nome é Rita

O nome dela entrou em sua mente tal qual a aurora rompe o raiar do dia, e ficou gravado como nenhum outro nome feminino outrora dito a ele.

_ Então Rita, quero te pedir desculpas por ontem e te chamar para almoçar, eu pago!

_ Presta atenção garoto. Disse Rita com dedo em riste.

_ Não preciso que paguem meu almoço e tão pouco pretendo almoçar contigo. Boa tarde e adeus!

E novamente saiu, dando as costas para Vitorino que mais ainda admirava a jovem que agora tinha um nome em sua mente. Rita. O perfume dela ficou mais uma vez no ar, Vitorino sentindo aquele aroma bucólico só pensava em saber mais da dona do aroma campestre.

Ao voltar do almoço, Rita se depara com Vitorino prostrado na recepção da biblioteca à sua espera. Os olhos dela se encheram de raiva, mas ao mesmo tempo trouxe um pingo de curiosidade em saber o real motivo do interesse daquele rapaz.

_ Boa tarde, o senhor deseja algum livro? Disse Rita com o sorriso costumeiro de atender a todos os clientes.

_ Lindo sorriso.

_ Olha aqui rapaz...

_ Vitorino, meu nome é Vitorino.

_ Que seja! O que quero dizer é que você deve parar de me seguir e seus elogios baratos não me tocam.

_ Espera aí, "lindo sorriso" é o nome do livro que estou querendo ler... Eu hein.

_ Não existe esse livro! Meu Deus... O que realmente você quer?

_Deixa eu falar com você, só por um instante.

_Sei não, tô trabalhando.

_Então você pode me explicar como faço para achar um livro que não existe.

_ Feito!

Ambos riram, apertaram as mãos e sentaram pra conversar. Assuntos foram surgindo e algumas afinidades que pareciam outrora impossíveis uniram aqueles jovens; viram que além de terem idades próximas, eram também oriundos de famílias italianas, pensamentos e gostos fizeram com que os dois sentissem vontade de se encontrarem novamente sendo assim, trocaram número de telefone e deixaram em aberto a possibilidade de novamente se verem.

Era uma doce amizade surgindo.

Rita disse sobre sua família, e a história da vinda deles, os Salvatore, da Itália para o Brasil fez Vitorino lembrar e também contar a história de como os seus descendentes vieram parar no Brasil; Rita contou com tom de felicidade como conseguiu o emprego na biblioteca, a narrativa dela emocionou o rapaz que estava ali aumentando a sua admiração por aquela jovem tão inteligente e determinada; enquanto falava de suas conquistas pessoais Rita viu no semblante de Vitorino um ar meio que atônito e resolveu perguntar:

_ Que cara é essa? Parece que estou falando sozinha!

_ Não, não, estou prestando atenção em tudo que você está dizendo, mas, não tem como ficar sem olhar você. A forma que fala, o entusiasmo que demonstra ao falar da sua vida. Garota! Você é fascinante.

O rosto branco de Rita ruborizou, suas mãos suaram e ficaram levemente trêmulas diante daquelas palavras. Ela não conseguiu definir se aquilo foi um comentário fortuito ou uma cantada. Ficou sem palavras firmes para safar-se daquela situação então...

_ Sabe quando não temos nada legal pra falar? Então, nesse momento devemos ficar calado. Você perdeu sua chance agora.

E fazendo uma cara de quem não gostou muito do que Vitorino havia falado levantou, ajeitou sua roupa de trabalho e ameaçou sair mas, de pronto foi segura pelo braço.

_ Perdoa, não consegui ficar quieto, mas vou me controlar... fica mais um pouco.

Nesse momento, chamou a atenção de Vitorino uma pulseira que Rita tinha em seu braço direito. Era dourada, bem sensível e tinha algo escrito que ele não conseguiu ler por completo.

_ Certo. Agora fala de você. Já sei que também tem descendentes italianos e que gosta de falar gracinhas, o que mais tem na sua vida Vitorino?

_ Ah... Sei lá o que dizer, tenho uma irmã que amo muito, uma mãe que faz de tudo por nossa família e um pai morto... Na verdade, tenho um pai assassinado.

_ Nossa! Sinto muito.

_ Tudo bem, aos poucos foi necessário irmos aprendendo a superar tudo isso. Agora me diz uma coisa que está me intrigando. O que está escrito nessa pulseira tão linda que você está usando?

_ Ah sim, essa pulseira eu tenho já há algum tempo. Está escrito "eu escolhi esperar".

_ E o que você resolveu esperar? Perguntou Vitorino com ar de deboche e um riso no rosto.

_ Resolvi esperar a pessoa certa pra me entregar a ela de verdade. A resposta veio com ar bravo de quem não gostou nada do jeito que foi feita a pergunta.

_ Desculpa novamente. Então você não tem relação sexual?

_ Não. Opção minha e da minha fé. E isso não tem nada a ver com você, e nem te diz respeito. Mas, já que você parece tão interessado em saber mais detalhes eu vou saciar sua curiosidade.

_ Opa! Eu me amarro em histórias! Exclamou Vitorino com tom irônico, mas realmente interessado no que Rita tinha a dizer.

_ Eu tive meu primeiro namorado com 15 anos, e foi uma daquelas paixões avassaladoras. Eu vivia em função dele! Era o que ele queria, quando ele queria e se ele quisesse. Assim foi minha primeira vez em tudo: beijo, sexo, contato com pessoas que não eram do meu ciclo de amizades. Tudo que me aconteceu com ele foi novidade. Só que com o passar do tempo o namoro acabou e, lógico, vieram outros só que eu não era mais a mesma menina ingênua e passei a dar as cartas buscando um relacionamento melhor.

_ Conseguiu? Arguiu Vitorino.

_ Nada! Aparecia cada figura, responde Rita dando risada; um deles me fez muito mal. Como se não bastassem os problemas que tenho devido a minha infância, eu ainda tinha que aturar uma verdadeira maldição amorosa. Foi uma época da minha vida que eu pensava em morrer, sabe? Cheguei até em planejar como seria a minha morte; o cara foi um canalha! Ele me violentou! Me bateu! Todas as atrocidades possíveis eu passei nas mãos dele! Era melhor mesmo ter morrido eu pensava. Quando ele começou a me ameaçar de morte por conta do fim do namoro, eu surtei! Não saia de casa, não falava com ninguém e uma amiga de muitos anos me levou pra um lugar muito calmo onde eu pude me encontrar e encontrar com Deus. Foi difícil, mas eu me aceitei como pessoa e ficou mais fácil lidar com meus fantasmas; vai por mim, a Rita que está na sua frente hoje não é a mesma de alguns anos passados.

_ E o sexo nisso tudo?

_ Simples, eu quero alguém que ame a mim e não somente ao meu corpo. Aprendi que sou muito mais que isso e nesse lugar que frequento, me mostraram que isso é amor. Eu escolhi esperar pelo verdadeiro amor.

Os olhos de Vitorino brilhavam ainda mais ouvindo toda a narrativa que Rita estava fazendo; ela disse o quanto havia mudado de vida e pensamento após ter se encontrado como pessoa. Todas as experiências que ela teve fizeram-na uma nova pessoa e aumentaram sua força interior.

Rita explicou que muitas pessoas vivem de aparência mostrando ser algo que não são, disse ainda que conhece muitos casais que brigam durante anos, mas tentam manter um casamento na base do esforço sem que ambos queiram mudar. Vitorino questionou muito quando ouviu isso lembrando todas as brigas que viu seus pais terem enquanto o pai ainda era vivo.

À medida que Rita ia falando de sua mudança ao encontrar com Deus, mais ainda aumentava o interesse daquele rapaz na jovem arredia porem imensamente interessante.

As horas iam passando e os olhares mudaram, os assuntos foram mudando e de uma hora para outra já haviam esquecido até mesmo da forma trágica que se conheceram. A doce amizade que estava surgindo já formava raízes fortes com todas as condições de crescer numa arvore ávida e inabalável.

Marcando às 17 horas no relógio de Pietra, o seu celular toca. De pronto, porém com receio ela atende meio irritada, pois o visor do celular acusa "número privado". Mesmo com todos esses detalhes contrários a voz de Pietra sai de forma firme.

_ Alô! Quem é?

_ Maluquinha, que bom ouvir você novamente.

_ Oi... Tudo bem na volta pra casa?

_ Sim, sim, tudo legal na volta. Escuta, tem um cara aí na frente do seu "trampo" e ele vai te trazer pra mim. Não posso descer para muito longe hoje.

_ Tudo bem. Já saio.

Ao sair, ela se depara com o tal motoqueiro e vai com ele até um parque não muito longe dali. A imagem do parque num misto de bucólico com moderno trazia uma nuance linda aos olhos de quem podia estar ali.

_ Demorou a viagem? Pergunta Sibite enquanto alisa o cordão com o cifrão como pingente.

_ Não, a viagem foi rápida. Responde a trêmula Pietra.

O motoqueiro acena para Sibite, e sai numa velocidade espantosa deixando para trás aquele casal. Olhando para os lados, Sibite pega as mãos de Pietra e os dois caminham para uma parte mais isolada daquele parque.

_ Me conta o que aconteceu no assalto?

_ Nada, vimos e pegamos tudo que "tava" na loja de joias. Não sei qual foi a do alarme e de repente tava cheio de "verme" por lá.

_ Você tava com quantos? Sozinho não tava, eu sei.

_ Éramos 6, agora somos apenas 4.

_ ah... Desculpa ter perguntado.

_ De boa Maluquinha, vamos andar. Quero saber de você um pouco.

E andando sempre com mão na mão eles seguem dando voltas nas partes desertas do parque; nada que Sibite dizia assustava Pietra que naquela altura só pensava em como sentir os lábios daquele assaltante novamente. Até que...

_ Me beija. Pede Pietra segurando e puxando sibite contra seu corpo.

_ Maluquinha mesmo. Respondeu enquanto acariciava seu rosto.

O beijo aconteceu de forma romântica, atípica para um casal tão diferente, mas a ternura do momento fazia qualquer um esquecer completamente quem era e como chegou até ali. Toques suaves, e uma demora em separar os corpos...

Os olhares após o ato trouxeram um silencio acompanhado de leves caricias nas mãos; quem olhasse, diria que o casal de namorados já estava junto fazia muito tempo tamanha era a sintonia vista.

Outros beijos aconteceram até que chegou a hora de Pietra partir, era tarde e sua mãe já deveria estar preocupada. Sibite pegou o celular e ligou pra alguém pedindo pra voltar pro parque. O motoqueiro chega, e o casal se despede.

_ Amanhã eu te ligo, lá pelas 11 da manhã. Disse Toninho segurando levemente as mãos de Pietra.

_ Tá, eu fico esperando.

Outro beijo e Pietra sobe na moto suspirando e feliz. Era o final de um dia perfeito na concepção romântica daquela jovem sonhadora.

O que ela não conseguia entender era como alguém que matava, roubava podia ser tão doce... Havia em Pietra uma sensação prazerosa, mas ao mesmo tempo ela carregava uma ponta de interrogação por conta do comportamento de Toninho Sibite; estava claro que ela nutria um sentimento enorme por aquele homem e a fascinação exercida por ele nela crescia mais e mais a cada dia. Mas aonde isso ia leva-la? Até onde esse sentimento poderia ser bom se nem mesmo em casa ela podia contar o que sentia? Seria esse um segredo que valia ser guardado?

No horário combinado, o telefone de Pietra toca em uma ligação com número privado e suas pernas começam a tremer, era Sibite...

_ Maluquinha tá parado aí na porta do seu "trampo" um "parça" meu; "tu vai" subir na moto e colocar o capacete sem falar nada. Deixa que ele sabe o que fazer contigo. Pegou?

Ainda trêmula, mas tomada de uma excitação anormal, ela concorda e sai apressada. Eram 17 horas e logo devia estar em casa, pois a preocupação da mãe também lhe fazia mal. Subiu na moto sem dizer nada e partiu com aquele desconhecido sem saber pra onde.

Após 30 minutos de viagem e chegaram numa comunidade, pensara ela que desceria ao pé do morro mas não, o motoqueiro acelerou em direção ao ponto mais alto daquele morro. Durante a subida, pôde observar várias pessoas consumindo drogas, outras portando armas de grosso calibre; armas que até o momento ela só tinha visto pela TV. Era um mundo completamente aquém do seu mas ainda assim, seu coração não temia e desejava ardentemente o encontro com Sibite. Em certa parte do morro, uma visão chamou-lhe a atenção, um homem sem camisa segurando um fuzil olhava atentamente a movimentação daquela moto; o brilho que vinha do seu peito a fez lembrar-se do cordão que seu assaltante fugitivo usava no dia de seu encontro, aquele brilho quase encegueirando só podia ser o cifrão de Sibite. Estava ele numa casa belíssima fugindo dos padrões do lugar e via-se ser ele o que estava proporcionando o encontro, enfim, iriam se encontrar.

A moto parou defronte a casa e o portão automático abriu, o motoqueiro olha para Pietra e com um gesto aponta pra dentro da casa, ela de pronto entendeu que era a ordem para entrar. Desceu da moto deixando ali o capacete, respirou fundo e entrou sem ter noção do que aconteceria ali e de que forma sairia daquele lugar.

_ Oi maluquinha!

Disse e partiu em sua direção largando o fuzil, tomando-a nos braços aplicando assim um beijo longo e demorado tal qual amantes que não se tocavam há muito tempo. O corpo de Pietra tremia numa miscelânea de medo, desejo e prazer como jamais em qualquer outro beijo que já pudera provar e correspondia da melhor maneira que podia, afinal, ela desejava muito tudo que estava acontecendo. Terminado o beijo, seus olhos fitaram-se por alguns instantes e o som do silêncio povoou aquele lugar assim, por minutos, ambos puderam guardar aquele momento traduzido naquela imagem.

_ "tu deve" estar com fome, né? Vem, vem comer algo.

Sinal positivo com a cabeça e mais nada. A mesa posta e preparada somente para ela tinha de tudo que pode ser imaginado; a quantidade era tanta que seria impossível para Pietra consumir aquele banquete.

_ Tudo isso pra mim? Nada disso, senta e come comigo. Vou ficar com vergonha. Disse Pietra apontando pra umas das cadeiras.

_ Quero que "tu come" porque quero que nada mais falte pra tu. Nada. Depois do dia que "tu me ajudou" vi que não dá pra ficar longe de você.

Pietra gelou!

_ Sibite mesmo né? Disse aos risos.

Comeram, conversaram sobre alguns assuntos e ele a convidou pra ver a melhor visão do mundo, segundo sua própria opinião. Subiram na cobertura da casa e ele mostrou toda comunidade, era de fato uma visão linda vista de cima; não havia como notar as cenas inigualáveis vista dali olhando a comunidade lá de baixo. Enquanto mostrava a comunidade, ele contou parte de sua história; relatou o fato de ter sido criado em um orfanato após a mãe morrer e o pai o tê-lo abandonado, disse também das inúmeras vezes que fugiu desse mesmo orfanato afim de conhecer e viver o mundo.

Por muitas vezes, segurando a mão de Pietra ele falava de sua infância nas ruas até crescer e chegar naquela comunidade onde conheceu as drogas e acabou ficando como mais um trabalhador da boca de fumo local.

_ Você é o chefão daqui?

_ Sim, sou o frente; mando e desmando na área.

_ O que deve ter de gente querendo sua morte não deve ser brincadeira.

_Tem sim, mas se entrar aqui atrás de mim leva bala. Disse com tom sério e segurando firme o fuzil.

_ Calma, foi só um comentário.

_Tudo bem maluquinha. Agora vem, "vamo" descer, "tu vai" conhecer meu quarto.

O leve sorriso no rosto de Sibite deixou bem claro quais eram as suas intenções. O corpo de Pietra parecia pegar fogo, o jeito que ele disse e a maneira como segurou sua mão a fizeram flutuar; não passou pela cabeça dizer que não mas, tomada de uma sutil nuance de receio puxou o braço de Sibite e com olhos de tristeza disse:

_ Você precisa saber de uma coisa antes.

_ O que?

_Sou virgem, nunca tive nada com ninguém.

_ Tá de brincadeira?! Disse Sibite com um riso no rosto.

_ E alguém brinca com isso? Respondeu com face de raiva.

_Maluquinha, vem que eu vou te fazer mulher.

Desceram de mãos dadas.

Entrando na casa, os beijos leves e suaves começaram a tomar corpo e uma forma mais intensa. Sibite a conduzia, mas a doce e virginal Pietra começava a tomar algumas atitudes ousadas que faziam também o corpo daquele homem pedir por mais; entre beijos e afagos os dois chegam ao quarto que se tornaria o palco da 1ª vez de Pietra; roupas ao chão, pele tocando a pele e as bocas mudas num beijo de asfixiar...

Após um longo beijo, as mãos de Sibite desceram pelo corpo dela bem levemente ao ponto de arrancar suspiros de ambos; respirava-se paixão naquele quarto... Ela pedia com os olhos que ele não parasse, e queria que aquele momento, que aquele toque durasse o tempo que fosse preciso até que o corpo trêmulo estivesse totalmente pronto pra tudo que o esperava. E assim foi... Ele não parou! Sua boca deslizou por todo o corpo suado dela e mais ela queria ser explorada por aquela língua ávida e voraz; não teve como conter os gemidos, era impossível não desejar mais e mais daquele homem... A entrega foi unânime...

48

O corpo de Pietra deixava claro que seu desejo era exatamente estar ali, seus corpos nus pareciam ser um só! A junção que acontece ali é tão grande que a penetração acontece sem que haja resquícios e do mesmo modo que o sol rompe a madrugada trazendo o amanhecer, Sibite traz o amanhecer de uma nova mulher.

Abraçados após o ato, trocam olhares e por alguns minutos foi possível Pietra esquecer que estava ao lado de um traficante; ela disse que jamais imaginava que fosse acontecer daquele jeito e que por ser muito sonhadora imaginava algo mais diferente.

_ Cê tava esperando príncipe de cavalo branco, maluquinha? Perguntou Sibite com ar de deboche.

_ Tava! Disse a jovem Pietra apontando pra ele o deixando completamente sem ação.

_ Não tenho cara de príncipe!

_ E como é a cara de um príncipe? Você pode ser meu príncipe por me fazer sentir-me como uma princesa.

Ao fundo, sons nada familiares a ela parecem ecoar cada vez mais fortes, eram tiros! Havia uma invasão inimiga na comunidade e Sibite envolto por todo prazer que estava sentindo não notou. De pronto, ele pega todas as armas possíveis e ordena:

_ Fica ai! Fica embaixo da cama e só sai daí quando eu voltar. Não fala nem faz nada.

_ Você volta né? Pergunta Pietra já com lágrimas nos olhos. Foi a primeira vez que ela sentiu medo estando ao lado de Sibite.

_ Volto Maluquinha, eu sempre volto. Respondeu Sibite com um riso no rosto.

A partir desse instante, o tiroteio fica acirrado e parece não ter fim; rajadas são ouvidas com vários timbres diferentes! Aquele mundo não era o de Pietra e ela temeu por estar ali. Não que houvesse arrependimento, mas o medo tornou-se grande e só agora ela se lembrou da hora, de sua mãe e que já deveria estar em casa há muito tempo... A noite já havia chegado e a preocupação de Antonella deveria estar no auge.

Exatos 45 minutos depois, Sibite volta ofegante e aparentemente preocupado.

_ Vem, vou tirar você daqui. "tu tem" que ir pra casa. Eu falo com você amanhã. Não se preocupa comigo, tudo vai ficar de boa.

Deu um longo beijo em Pietra e apontou pra porta dos fundos, onde o mesmo motoqueiro já a esperava. Partiu com lágrimas de preocupação e a noite dela seria longa por desejar saber o que acontecera e como seu amado estaria após aquele tiroteio tão intenso.

Chegando em casa, Antonella já esperava em prantos temendo o que poderia ter acontecido com sua filha.

_ Pietra! Graças a Deus! Você está chorando, o que aconteceu filha?

_ Nada mãe, tive que fazer hora extra e meu celular não tinha bateria, desculpa, desculpa, desculpa...

E saiu, trancando-se em seu quarto sob os olhares atônitos de Antonella e Vitorino.

Ao deitar, ela não pensava em mais nada que não fosse como acabara aquele tiroteio. Ligou TV, acessou todas as páginas possíveis na internet procurando algo que pudesse servir de notícias sobre o que havia ou poderia ter acontecido com Sibite; nada apareceu e sua noite de preocupações e tristeza estava apenas começando.

Sonhadora e sensivelmente balançada por aquele homem misterioso Pietra passou a noite fantasiando encontros e novas sensações ao lado dele; ela já tinha em sua mente tudo o que queria realizar

com ele, parecia que enfim tinha encontrado alguém
que a completasse.

Na manhã seguinte, Pietra viu o nascer do sol por conta de uma noite muito mal dormida; a preocupação com Sibite não a deixou dormir e a falta de notícias deixava a sensação de que seu dia seria tenso. Ainda enquanto aprontava algo para comer, o celular toca novamente uma ligação com número restrito e de pronto Pietra corre para atender, ela já sabia quem era e a ânsia por aquela ligação fez com que ela derrubasse tudo que estava em suas mãos, partiu para seu quarto trancando a porta e num sussurro de voz aflita atende:

_ Alô...

_ Maluquinha... Não precisa dizer nada, só escuta. Tô bem, vou ter que ficar escondido um tempo mas volto, eu sempre volto. Tem uns caras atrás de mim e a coisa aqui na comunidade não tá legal. Assim que eu puder falar te mando algum sinal. Se cuida enquanto isso.

E sem que ela tivesse tempo pra falar ou questionar nada, a ligação acabou. Um longo suspiro de alivio sai de Pietra junto a uma pequena, porém intensa lágrima; saber de seu amado fez sair um peso de cima dos ombros. Mas deixou um semblante de dúvida e questionamento em Antonella.

_ Quem era na ligação filha?

_ Nada sério mãe, acho que teremos problemas pra resolver no trabalho hoje. Daí, me ligaram pra avisar.

Como todo coração de mãe, o de Antonella sabia quando seus filhos estavam mentindo ou tentando esconder qualquer tipo de assunto; ela insistiu...

_ Você sempre teve assuntos para resolver no trabalho, sempre recebeu ligações desse tipo e nunca precisou sair correndo e se trancar no quarto para atender. O que essa tem de diferente?

_ Nada mesmo mãe, eu saí correndo porque... Porque... Porque me assustei, só isso.

No quarto ao lado, Vitorino também passou a noite em claro com febre e dores pelo corpo; dores essas que já faziam parte de sua vida desde muito tempo. Por não saber o que realmente era ele preferiu atribuir a uma abstinência, mas de fato ele nunca procurou saber o motivo dessas repentinas dores. As poucas visitas que ele fez aos médicos não foram suficientes para um diagnostico profundo do que ele sentia e, por ser rebelde a todo custo, desistiu de procurar respostas. As dores vinham sem hora nem local, dores que faziam as forças de seu corpo acabar definhando completamente a motivação dele.

Vitorino levanta-se e mesmo sem estar com condições segue seu dia em rumo ao trabalho, sua mãe nota que ele não está bem, mas não consegue impedir que o filho saia; a rebeldia de Vitorino era um dos principais motivos das rugas na face de Antonella e de seu semblante sempre caído e triste. Essa mulher deixou de viver por conta de seus filhos, não havia mais sonhos ou ambições da parte dela, em sua mente somente o bem estar de seus filhos era o que importava.

Ela sabia que seu filho era usuário de maconha, sabia também de suas saídas para pichar muros e desafiar a lei, tinha total conhecimento da solidão que Pietra tinha até porque, ela jamais levou uma amiga ou um namorado em casa... Todos esses detalhes faziam com que Antonella amargasse dentro de si uma dor intensa como se fosse ela a culpada de tudo isso que acontecia aos seus filhos. As noites que passava em claro sendo banhada pelo clarear da lua traziam em seus pensamentos todas as dores que seus filhos passavam e nada tirava de seu coração a culpa. A saudade de seu esposo era singelamente aumentada nesses dias, eram momentos em que ela pensava na morte; só que deixar seus filhos não era pra ela uma opção dentro do coração daquela mãe.

Por vezes, quando conseguia conversar com Pietra, ouvia de sua filha o quão maravilhosa era como mãe e que todas as famílias passavam por problemas; Pietra deixava bem nítido que todas as intempéries vividas por eles não tinham como responsável única Antonella e nem isso acalmava o coração daquela mãe. As dores que viviam em sua alma eram tão grandes que marcavam seu rosto, entristeciam e por vezes era possível vê-la chorar; aparentemente sem motivo. Nessas horas, era fácil saber que Antonella iria se trancar no velho carro da família como se lá pudesse meditar e encontrar uma resposta para todas as dúvidas que pairavam em sua mente.

Pietra tomou seu café da manhã agarrada ao celular, ela esperava com um desassossego enorme notícias de Sibite, mas nada. Sua mãe percebendo a aflição perguntou se havia algum problema no trabalho que justificasse tanta preocupação. Por não obter resposta, imaginou que era algo muito sério que havia acontecido ou estava por acontecer; mais um motivo para aguçar as aflições e preocupações daquela mãe.

O casamento com Alfredo não estava bem, algumas discussões e várias brigas recentes eram os últimos momentos que se lembrava daquele casal. Os filhos, a casa e um velho carro largado na garagem cuja chave ficava sempre num cordão colocado no pescoço de Antonella era o legado deixado por Alfredo e assim os Panacera tentavam reerguer suas vidas. A matriarca, mantinha com as forças que sobravam a união da família, não passava por sua cabeça a remota ideia de desfazer o lar por qualquer que fosse o motivo quer seja a rebeldia de Vitorino ou a omissão de Pietra dentro de Antonella, estar juntos seria a motivação para uma nova vida. O constante rosto triste vinha em função disso e as preocupações diárias faziam daquela mulher uma pessoa amarga, e extremamente triste.

Vez por outra, Antonella se trancava no antigo automóvel do esposo que ficava sempre guardado na garagem. Várias vezes os filhos pediram pra vender aquele carro, mas ela de pronto dizia que não e jamais explicava o motivo dessa decisão. A chave do carro, sempre guardada em um cordão que ela trazia em seu peito dessa forma por anos a fio.

Capitulo 5 – Onze minutos

Os dias passavam numa velocidade galopante, e o coração de Vitorino batia sempre mais forte quando ele pensava em Rita. Aquela jovem conseguiu despertar nele o que nenhuma outra mulher havia conseguido; ele tinha um apreço enorme por tudo que ela falava ou fazia. As conversas que eles mantinham por telefone era de importância enorme para ele, assim, pôde entender que Rita vinha de uma família bem unida, que tinha alcançado uma formação por conta de dois trabalhos obtidos e assim pagou a faculdade. Para Vitorino, era fascinante a forma que Rita contava coisas de sua vida, de seu trabalho e numa dessas conversas ele tomou coragem e perguntou:

_ A senhorita Rita Salvatore tem namorado?

_ O quê?

_ Você fala muito de tudo, mas, nunca disse se tem namorado. Sei da sua opção em não ter relação sexual, sei que você é descendente de italianos, sei coisas a lote de você mas, e ai?

Um breve silencio tomou conta da conversa, e após um longo suspiro Rita resolve responder.

_ Eu já esperava que você fosse me fazer alguma pergunta relacionada a isso. Olha, eu não tenho namorado e não tenho tempo pra namorados, minha vida é muito corrida, tenho compromissos um pouco anormais e não sei se daria para ser uma namorada atenciosa ou como as pessoas estão acostumadas a terem.

_ Tudo que você faz é maravilhoso, não vejo como você não seria uma ótima namorada... Pra mim, quero dizer, para alguém; para alguém assim como eu... Entendeu né?

Entre risos, Rita tenta mudar de assunto como se não tivesse entendido a real intenção de Vitorino.

Achou graça, e apenas disse que ainda estavam se conhecendo, mas que já havia pensado em como seria sua vida se os dois namorassem.

Sem poder se ver todos os dias como queriam devido ao trabalho e os compromissos de ambos, eles aproveitavam para conciliar os horários de almoço para botar a conversa em dia só que nem sempre era possível; as entregas de pizza de Vitorino aliadas os muitos livros que Rita tinha para catalogar deixavam ao casal apenas onze minutos em comum que eram aproveitados da melhor forma possível. Rita tinha ambições de crescimentos profissionais por essa razão, mantinha um habito de estudo e leitura dignos de estudantes do ENEM. Focada e determinada, Rita Salvatore sabia bem onde queria chegar e não media nenhum esforço ou renuncia em prol daquilo que traçou para sua vida.

Vitorino passou a chegar em casa cantarolando, e não mais reclamando da vida como de hábito; seu sorriso aparecia com frequência e sem motivo aparente o que causou profunda curiosidade em Pietra.

_ Você está bem? Perguntou Pietra escorada na porta do quarto do irmão.

_ Tô sim, eu tô bem; porque a pergunta?

_ Nada, só que você anda meio estranho de uns dias pra cá. Sei lá, nem parece ser você.

_ Ahh Pietra, vai ver se tô na esquina! E se eu tiver me deixa lá!

_ Calma rapazinho!

_ Tá desculpa, me ajuda numa coisa? Você sabe como se faz pra fazer faculdade?

_Meu Deus! Você bateu com a cabeça em alguma coisa... Como você vai fazer faculdade cara se nem sequer terminou o ensino médio? Doideira mas vamos lá. Vamos ver o que podemos arrumar, de repente um curso técnico.

Assim, com um riso debochado e escancarado, Pietra sentou ao lado do irmão e juntos começaram a ver cursos de nível técnico para ele; que sequer tinha terminado o ensino médio.

Entrementes, o celular de Pietra toca e de pronto ela olha e sua expressão de susto já deixam claro que ela sabe quem é, as ligações com número restrito já ficaram registradas como sendo sempre de Sibite. Ela então caminha até a porta do quarto com passos lentos e pensativos, respira fundo e por fim atende.

_ Oi!

_ Maluquinha, sou eu. Tô de volta.

_ Que bom.

_ Pega a visão, amanhã meu "parça" vai te pegar lá no seu "trampo". Ele vai trazer você pra mim.

_ Tá

_ O que tá pegando aí? Tá falando assim por quê? Ahhh já sei, a família tá perto e não pode saber que "tu é" mulher de bandido né?

E encerrou a ligação sem deixar que Pietra dissesse algo; ao se voltar para dentro do quarto ela se depara com o irmão olhando sério e atento. E logo começaram as perguntas sobre a misteriosa ligação.

_ Quem era? Perguntou Vitorino com ar de bravo.

_ Uma pessoa, só uma pessoa.

_ Isso eu sei, nunca vi animais fazendo ligações no celular. Para de graça e conta logo.

Pietra nada disse, apenas alternava os olhos ora na direção do irmão, ora na direção do chão. E foi obrigada a escutar um pequeno sermão de seu irmão sobre esconder algo e de como isso poderia ser maléfico para todos; ouviu quieta todos os argumentos do irmão sobre sinceridade e transparência, Vitorino não tinha o grau de instrução de Pietra, mas, sabia argumentar como ninguém e quase ia vertendo lágrimas nos olhos da irmã até o seu celular tocar!

Ao ver o nome gravado, Vitorino ri e atende com voz doce e quase inaudível.

_ Alô, tudo bem? Aconteceu alguma coisa?

_ Sim, me bateu saudade de ver você. Sei que está em casa agora e talvez não possa falar mas, tenta me ligar amanhã e vamos marcar pra almoçar juntos. Nem que seja rapidinho, talvez um lanche, mas quero te ver um pouquinho.

_ Claro! Respondeu como quem comemora um gol, mas olhando pro rosto de Pietra de braços cruzados e pé direito batendo lentamente no chão ele volta a se controlar e retorna a conversa.

_ Vou fazer o impossível pra te ver amanhã. Beijos!

_ Beijos, eu te vejo amanhã.

_ Eu nunca vi você no celular encerrar uma ligação mandando beijos pra ninguém. Nem com nossa mãe é esse chamego todo, olha rapazinho, temos muito pra conversar. E como fica aquele papo de não esconder nada, sinceridade e tudo mais? Vamos lá, conta tudo.

A imagem de Pietra mesclava em seriedade e riso nesse momento, e não restou outra ação ao seu irmão a não ser explicar tudo que estava acontecendo.

_ Tá bom, senta aqui. Precisamos conversar maninha, aconteceu uma coisa muito boa na minha vida. Não sei como começar; só sei dizer que estou bem, parece que a minha vida ganhou um novo rumo, um novo sentido.

E juntos começaram a falar de suas recentes paixões; Vitorino abria a boca com o entusiasmo da terra para falar o quanto Rita o fazia bem. Contou que por conta de tudo que ela falava e da forma que falava, ele estava querendo voltar aos estudos. Acrescentou que era linda a sua bibliotecária e que quando podia simplesmente ouvir a voz dela parecia que o mundo ganhava novas cores. Os olhos dele brilhavam ao contar como a conheceu e todos os detalhes que os uniam os fazendo se aproximar por suas afinidades.

_ Já teve beijo Romeu? Perguntou Pietra com tom de deboche, mas muito curiosa.

_ Não, eu não consigo chegar perto dela assim. Estranho né?

_ Nada de estranho, pelo que vejo você gosta mais dessa menina do que pensa. Ela mexeu com você de uma forma especial. É maninho, você tá apaixonado.

_ Tô nada! Tá doida? Eu só acho ela diferente e isso tá me intrigando; depois que eu levar pra cama isso passa, você vai ver.

No fundo, Vitorino sabia que não era verdade o que ele disse; era apenas para manter sua fama de conquistador e não dar margens para as zombarias vindas de sua irmã.

Pietra fez citações semelhantes, mas não ousou dizer que seu amado era um bandido dono de comunidade e nem em sonho passou por sua cabeça dizer que já havia tido relações sexuais com ele. Apenas contentou-se em narrar a alegria que ele lhe proporcionava todas as vezes que estavam juntos; contou que ele apareceu na clínica e lá conversaram por horas trazendo assim a aproximação, as narrativas de Pietra trouxeram algumas certezas ao seu irmão:

_ Bom, não vou perguntar por beijos porque já sei que teve. Você falou com cara de quem aprontou. Só te peço para tomar cuidado, vai que esse Antonio é igual a mim.

E rindo muito após dizer isso, Vitorino abraça sua irmã com carinho demonstrando realmente se importar com tudo que ela estava dizendo. Agora, ambos sabiam sobre Rita e Antônio e num ato de lealdade plena os irmãos combinaram em não contar nada para a mãe naquele momento e fizeram um pacto de segredo, além, de protegerem um ao outro para que pudessem estar com seus amados sem despertar a intromissão da mãe. Eles sabiam que tinham encontros no dia seguinte e poderiam precisar um do outro no afã de não deixar chegar aos ouvidos da mãe o fato de estarem se envolvendo com namoros.

O segredo dos irmãos Panacera servia para uni-los, mas poderia trazer consequências no futuro, a certeza que eles nutriam de que estavam fazendo a coisa certa não deu margem ao pensamento de que esconder algo de sua mãe pode ser sério e bem grave. A noite se aproximava, mais uma que vinha brindar aquela família e fazer os fantasmas individuais dos três povoar seus pensamentos noturnos.

Após mais uma noite acordada, Antonella levanta com pressa e revirando a casa pelo avesso. A chave que ela sempre mantém em seu pescoço havia desaparecido. O semblante de pânico aliados aos gritos de "onde está?" fizeram todos naquela casa acordarem.

_ Meu Deus! Estava comigo! Não sai de perto de mim, onde está?

_ Mãe, o que você está procurando com tanto afinco? Disse Pietra ainda sonolenta.

_ A chave do carro de seu pai! Estava aqui comigo e não está mais. Você viu?

_ Não.

A resposta de Pietra veio acompanhada de um puxão dado pela mãe:

_ Acha essa maldita chave! Acha! Ordenou a mãe com olhos arregalados e força no braço da filha ao ponto de deixar marcas roxas.

_Mãe! Me solta! Que isso? Calma! Vamos achar, a senhora está me machucando.

Antonella lança a filha contra a parede, a mesma bate com as costas e cai com dores e isso é o suficiente para que a aflição da mãe aumente, mas em hora alguma ela conseguiu ir na direção de Pietra e ajudá-la a levantar.

Antonella sai em direção à garagem e agarrada ao velho carro de seu marido cai em prantos... Choro de quem teme por algo ruim vindouro por conta do sumiço da chave.

Pietra quedada ao chão da sala tenta levantar em meio as fortes pontadas sentidas devido ao acontecido porém, ela precisou de forças que ela jamais pensou em ter após ouvir um forte e assustador grito vindo do quarto de seu irmão. Vitorino gritava por socorro! As dores frequentes que ele sentia estavam maiores e a intensidade do grito chegara aos ouvidos de sua mãe mesmo essa estando na garagem.

Pietra consegue levantar-se e mesmo lentamente chega ao quarto de Vitorino.

_ O que foi mano? Fala comigo, por favor!

_ Dói meu corpo, e eu não estou sentindo minhas pernas. Pietra estou morrendo!

_ Não! Você não está morrendo, calma vou te levar pro hospital.

_ O que está havendo? Pergunta Antonella enxugando as lágrimas e sem conseguir olhar nos olhos de sua filha.

_ Vitorino não está bem. Respondeu Pietra com lágrimas nos olhos e o celular nas mãos ligando pra ambulância.

_ Faz alguma coisa sua inútil! Vai deixar o seu irmão morrer?

_ Não fala assim com ela! Ajuda aqui! Estou com dores, minha gengiva sangra e estou tonto demais para levantar sozinho!

Apesar de todas as frases agressivas trocadas entre a família Panacera, o foco era fazer com que Vitorino fosse medicado. A ambulância levou cerca de 40 minutos para chegar e os gritos dados pelo rapaz nem sequer deixaram ser necessário que os paramédicos perguntassem quem era o paciente.

Levado ao hospital, alguns colegas de Pietra fizeram com que o atendimento fosse antecipado já que a família não possuía plano de saúde e contar com o sistema público seria como decretar a morte de Vitorino. Por ter esse acesso facilitado o rapaz de imediato entrou em estado de emergência e por muito tempo, nenhum dos familiares teve notícias dele que estava sendo examinado por uma junta medica.

Nervosas, aflitas e sem poder fazer nada além de esperar mãe e filha abraçam-se e pedem desculpas uma a outra por todo o acontecido em casa. O amor entre as duas é inegável, mas era também absolutamente indubitável que a confusão por conta do sumiço da chave deixou uma fissura no relacionamento delas e somente o tempo seria capaz de cicatrizar.

Pietra, ainda chorando, mantinha em sua bolsa alguns pertences do irmão tal como documentos, celular e eis que este toca. De pronto, ao ver o nome RITA aparecer no visor Pietra se distancia da mãe e atende tentando disfarçar o choro.

_ Alô Rita, sou irmã do Vitorino, não desliga.

_ Oi! Onde ele está? Aconteceu algo? Você parece chorar.

_ Sim, ele passou muito mal e tivemos que trazer para o hospital. Estamos aqui no centro da cidade.

_ Meu Deus, como ele está? A voz de Rita quase some, e nitidamente percebe-se rumores de lágrimas e soluços vindos da jovem.

_ Ainda não sabemos direito. Os médicos estão examinando e nada de darem uma resposta.

A ligação cai. Pietra não sabe o que fazer a não ser chorar e tentar controlar as reações da sua mãe já idosa.

Cansada de esperar por notícias, Pietra começa a recorrer aos amigos que possui no hospital para obter informações de seu irmão que segue numa sala longe dos olhos sendo avaliado. Por algumas vezes, pode ser visto um frenético entra e sai de médicos, enfermeiros e auxiliares na sala o que faz aumentar ainda mais a aflição de mãe e irmã. O tempo passa, a noite cai e enfim alguém surge com notícias nada agradáveis.

_ Vocês são da família do Vitorino Panacera?

_ Sim! Sou a mãe dele. Responde Antonella

_ Sou o Dr. Anderson Borges e estou cuidando do caso de seu filho. A princípio deixe-me dizer que as condições físicas dele são muito precárias e nós fizemos inúmeros exames sem achar nada que possa explicar as dores, a alta febre e a perda dos movimentos nos membros inferiores.

_ Então o senhor está dizendo que não sabe o que meu irmão tem, é isso? A pergunta de Pietra fez o médico baixar a cabeça e respirar fundo antes de balbuciar qualquer resposta.

_ Quase isso. O jovem vai passar o resto da noite aqui, precisamos ver se ele reage aos medicamentos intravenosos e só aí poderemos dar um diagnóstico preciso. Posso afirmar que o caso dele vai necessitar de cuidados, tratamento e muito empenho da família.

_ Mas dizer o que ele tem o senhor não vai, né? Arguiu Pietra.

_ Não posso, aliás, não tenho resposta pra essa pergunta, eu sinceramente não sei o que seu irmão tem.

Desculpe, mas vamos precisar de tempo e muita espera até eu poder responder de forma exata.

Dizendo isso, foi saindo da presença da família enquanto indicava onde a família poderia esperar até que o jovem pudesse ser visitado. A resposta do médico fez abrir mais ainda o recipiente lacrimal existente em Antonella; o coração daquela mãe parecia não estar preparado para aguentar tamanha carga de sofrimento. Sem que fosse possível prever ou avisar... Antonella cai!

_ Mãe!

Imediatamente alguns funcionários do hospital acudiram a senhora caída ao chão e começaram os primeiros socorros para fazer com que ela acordasse; assim, mais um Panacera dava entrada como paciente.

_ Minha mãe está bem? Pergunta Pietra a um dos médicos.

_ Sim, foi apenas uma queda de pressão. Sua mãe está sob forte impacto devido ao acontecido.

_ Quem dera fosse somente isso. Ela é uma guerreira, tem passado por maus pedaços já tem anos. Disse Pietra.

Amanhece...

Depois de uma longa noite mal dormida, Pietra vê seu irmão enfim ser transferido para o quarto; quarto esse onde já repousa sua mãe recuperada do súbito mal estar. A calmaria parece estar de volta após tremendo pânico vivido no dia anterior.

_ Que susto você nos deu mano.

_ Eu sei, ainda sinto uns tremores pelo corpo, mas estou melhor.

_Filho, vamos precisar mudar alguns de seus hábitos. O que aconteceu com você foi grave e não podemos deixar que aconteça novamente. O tom de preocupação de Antonella mostrou o quanto estava aflita com tudo que Vitorino passou mas, isso não foi somente o único acontecimento que traria perguntas para aquela mãe.

Em um momento que todos estavam sentados repousando e esperando por respostas do médico eis que entra no quarto uma jovem de cabelos lisos e negros, pele branca como quem a muito não toma sol... Entra aos prantos e vai de encontro a Vitorino que mesmo deitado abre os braços e recebe o abraço dela.

_ Te achei! Eu procurei em todos os hospitais possíveis! Mas, até que enfim achei você! A voz trêmula mostrava preocupação e o fato de ter ignorado todas as pessoas que estavam ali presentes deixou claro que aquela era muito mais que uma amiga de Vitorino.

_ Ei mocinha, quem é você? E porque está agarrando meu filho desse jeito? Perguntou Antonella.

Percebendo que havia exagerado um pouco, Rita apenas sorri e antes mesmo de responder Vitorino toma a frente e sana à curiosidade da mãe.

_ Mãe, como vou dizer isso, essa é a Rita e ela é minha namorada. Melhor, eu quero que ela seja mas

ainda não é, e um dia talvez ela seja, ou sei lá se já é...
Assim, ela é a Rita.

_ Meu Deus! Que moça linda filho! Prazer Rita, muito prazer mesmo em te conhecer.

_ O prazer é meu dona Antonella, e em te conhecer também Pietra. O Vitorino fala muito de vocês duas.

_ Humm então tem tempo que vocês namoram? A pergunta direta de Antonella fez ruborizar o rosto de Rita.

_ Mãe! Que pergunta é essa? Já expliquei. Explana o também ruborizado Vitorino.

_ Não Vitorino, você falou e falou sem dizer nada. Vamos ver se a Rita explica melhor.

O olhar de admiração de Antonella para Rita fez acalmar o coração da moça e a resposta surgiu como naturalmente.

_ Dona Antonella, seu filho e eu temos muitas afinidades e gostamos de passar tempos juntos. Mas ainda acho equivocado dizer que estamos namorando.

_ Tá vendo? Exatamente o que eu disse. Argumentou Vitorino passando as mãos na testa em sinal de alivio.

_ Certo, tudo bem que vocês estão se conhecendo, mas você é realmente linda como ele disse. Comentou Pietra.

_ Comentou? Então você já sabia da existência dela? Perguntou Antonella.

_ Eita mãe, depois te conto essa história. Respondeu Pietra entre risos.

_ Dona Antonella, seu filho tem feito muito bem pra mim. Explicou Rita e foi falando, caminhando na direção dela até que pôde sentar ao seu lado, segurar suas mãos e começar a conversar mais detalhadamente sobre a saúde de Vitorino.

Durante muito tempo as três mulheres naquele quarto de hospital teceram assuntos diversos ao mesmo tempo em que observavam a recuperação de Vitorino. Parecia que estavam se dando bem e se entendendo; os olhos de Vitorino brilhavam por enfim poder ver Rita próxima a sua mãe. O que era um desejo antigo dele desde que seu coração se quedou por aquela moça tão interessante.

Entrementes, toca o celular de Pietra que o segura firme e antes que qualquer um pudesse tecer perguntas sobre a ligação ela se levanta dizendo que "É do trabalho".

Porém, o visor indicando número privado já trazia em sua mente a imagem de quem estava ligando, e ela atende...

_ Oi! Tudo bem? Senti sua falta.

_ Oi Maluquinha, o que deu em você que não foi trabalhar?

_ Sibite, você não tem ideia de como foram meus últimos dias. Meu irmão está internado com algo que ninguém sabe o que é e minha mãe teve um "treco" aqui e está em observação também.

_ Você tá de boa? Como ajudo você?

_ Já ajudou; só de me ligar, já ajudou.

_ Vou te ligando pra saber como está, quero te ver; Tô com vontade de você.

As palavras entraram pelos ouvidos de Pietra como a aurora rompe e desestrutura a madrugada e a fizeram tremer. A mordida de lábios quase a machucou, só reviver as tórridas lembranças seu corpo pedia por ele.

_ Liga sim, também quero te ver. Tô com saudade.

O que ela queria realmente era ouvir o mesmo dele, mas isso não ocorreu, ele deixa bem claro que está com vontade de sexo, de ter Pietra mais uma vez em sua cama e só. A ligação termina, Pietra dá um longo suspiro e volta pra perto de sua família e da amiga recém-conhecida, Rita.

_ Tudo bem no trabalho? Eles entenderam a sua ausência? Perguntou Antonella com ar de preocupação.

_ Sim, mãe. Lá tá tudo bem.

Enquanto falava Pietra o médico entra saudando a todos e dizendo que Vitorino precisa ficar mais aquele dia em observação, pois a súbita melhora após tão veemente episódio também era motivo de preocupação. O fato era que Vitorino estava num grau de debilidade física muito grande e requer cuidados emergenciais.

Assim, combinaram as três mulheres da vida de Vitorino num revezamento de companhia no hospital para que a qualquer momento as outras duas pudessem ser avisadas. O rodízio começou com Pietra, que já havia perdido mesmo o dia de trabalho e seguia com

Antonella e Rita, que se prontificou passar a noite já que estava com esse tempo livre.

Dessa forma, trocaram números de telefones e iam partindo cada uma para sua direção quando a TV do hospital começa a exibir a notícia de um grave tiroteio em uma perseguição policial ocasionada por uma tentativa de roubo de cargas próximo da zona sul do Rio. Os ladrões foram cercados pela polícia e houve grande tumulto pela região, relatos apontam que algumas pessoas acabaram sendo feridas por tiros, dois dos assaltantes foram mortos e três assaltantes foram presos e entre eles o chefe do tráfico na região, Antônio Carlos de Almeida vulgo Toninho Sibite. A notícia caiu como uma bomba sobre Pietra que por estar ao lado de sua família procurou conter tudo que estava sentindo naquele pouco espaço de tempo.

O coração de Pietra quase gela e seu corpo em estado tórpido diante daquela notícia não deixava ver que por dentro ela estava em total aflição. Sibite estava preso... E agora? Mil sensações vinham à sua cabeça, mas naquela situação jamais ela poderia externar o que sentia; o momento era somente de pensar em estar perto de seu amado, ainda que fosse numa penitenciaria.

_ Meu Deus... . Sussurrou a jovem.

_ O que foi filha? Medo? Você está pálida!

_ Não mãe, apenas preocupada com a violência na cidade. Respondeu.

_ Todos nós estamos filha, não precisa você ficar assim. Vamos ficar bem! Precisamos agora nos concentrar na saúde de seu irmão.

_ O que? Ah... Sim, claro.

Tentando não deixar transparecer o que realmente sentia, Pietra vai até o banheiro, lava o rosto e olhando sua imagem no espelho como quem promete algo a alguém arranca um longo suspiro de si mesma e com toda determinação existente em um ser humano, diz: "Vou tirar você daí, meu amor".

O olhar fito no espelho com semblante irritadiço mostrava o quanto Pietra ficou aflita com a notícia, porém, algo dentro dela havia mudado... A determinação de agir em prol de livrar seu amado da cadeia crescia a cada instante, e claro, ela não deixaria esse sentimento morrer.

Ao retornar para o lado de fora ainda atônita com a notícia, Pietra se despede da mãe e de Rita e sai meio que sem rumo pelo hospital. Todos acham estranho ela não ter ido para o quarto onde está o debilitado irmão, mas como o avançar das horas impedia o alongar das perguntas as duas mulheres restantes seguem seus rumos como combinado e partem deixando Vitorino com a promessa que logo estariam de volta.

Durante todo o tempo em que ficou no quarto com Vitorino, Pietra somente buscava na TV notícias que falassem sobre o acontecido com Sibite; horas passavam e a cada noticiário a aflição ficava maior por saber que realmente ele estava preso e vários eram os processos que seriam jogados em sua conta. Sibite era um criminoso procurado pela justiça em vários Estados e sua periculosidade era maior do que Pietra conseguia imaginar.

Mesmo assim, mesmo com todas as notícias ruins vindas contra seu pensamento, ela fomentava em si a certeza de que precisava fazer algo para ajudar seu amado. O rosto de Vitorino alternava em dúvida, incerteza e uma extrema curiosidade em saber por qual motivo Pietra estava tão interessada no caso; não ousou perguntar, não se atreveu tecer qualquer comentário sobre suas dúvidas em relação a isso mas, dentro da cabeça de Vitorino havia uma certeza: Pietra sabia mais do que aparentava sobre o caso narrado pela TV.

Chegada à noite, Rita veio para trocar de lugar com Pietra; esta nem sequer pensou duas vezes em levantar e sair do hospital. Deu apenas um beijo em seu irmão dizendo que voltaria no dia seguinte e que o amava muito. Para Rita, apenas sorriu e disse pra que ela cuidasse bem do irmão dela, acenou para ambos e saiu deixando um rastro de curiosidade no ar.

_ Você está bem? Perguntou Rita iniciando a noite.

_ Eu poderia estar melhor, mas preciso ficar aqui né?

_ Sempre com essa rebeldia, pra quê? Isso só te leva pra baixo e piora todas as situações que você deveria resolver com calma e muita mansidão.

_ "mansi" o que? Perguntou Vitorino com ar de deboche.

_ Ah Vitorino, a noite vai ser longa, você precisa descansar e eu não vou começar nossa noite com essa conversa chata. Vou buscar algo pra comer, que alguma coisa?

_ Não, lindinha, vai lá se alimentar, mas volta logo; preciso conversar porque estou preocupado com minha irmã.

Vitorino estava ainda sendo medicado, as dores do corpo haviam cessado e isso fazia com que os médicos nutrissem várias dúvidas quanto ao diagnóstico exato dos males na vida daquele rapaz mesmo todos da família tendo dito que a muito tempo aquelas dores acometiam o corpo do rapaz sem que nenhum médico encontrasse o real motivo.

Voltando ao quarto, Rita sentou ao lado de Vitorino e perguntou se podia mudar o canal da TV.

_ Muda; acha algo legal pra gente ver.

_ Pode deixar. Você disse que estava preocupado com sua irmã, o que houve?

_ Sei não Rita, achei estranha demais a forma que ela encarou o negócio lá da TV. Aquele caso do assalto mexeu com a Pietra; só não sei dizer como.

_ Porque não pergunta pra ela?

_ ahhh, se conheço bem minha irmã ela não vai dizer.

_ Vitorino, tudo na vida é uma questão de usar as palavras certas na hora certa. Se você perguntar de maneira correta ela vai ver sinceridade em você e vai se abrir; caso tenha um problema, ela vai confiar em contar para você. Vai por mim! Tudo tem um propósito na terra e assim acontecerá com sua irmã e você.

_ Garota, eu queria saber como você tem essas palavras tão verdadeiras. Você fala tão bem que dá um ânimo grande pra mim. Disse Vitorino exalando toda a admiração sentida nele por Rita.

_ Vamos conversar? Você sempre me conta sobre suas raivas, suas mágoas e dores que tem desde criança. Eu ouvi você falando da morte de seu pai, e de como você ficou rebelde depois disso. Acho que tá na hora de você escutar uma história sobre mim que nunca tive chance de contar, e como você não tem como sair da cama e nem do hospital hoje você me ouve com calma.

Os risos de Rita meandravam entre alegria e nervosismo pois a história a ser contada era de sua vida e fatos que, achava ela, poderiam afastá-la de Vitorino.

_ OK mocinha, pode contar e eu prometo que vou ficar bem quieto. Vou tentar ser um bom ouvinte.

_ Tá bom, vamos começar.

Rita respirou fundo e começou uma narrativa que poderia mudar os rumos de seu relacionamento, ainda que fraterno, com Vitorino.

_ Eu não conheci minha mãe; fui criada pela nova esposa do meu pai porque minha mãe morreu no parto, e sempre pensei que a culpa era minha. Por anos a fio eu dizia que matei minha mãe e até os meus 10, 11 anos essa ideia era perenal e me fazia muito mal.

_ Nossa... Não sabia disso, sua mãe... Super chato.

_ Do mesmo jeito que você perdeu seu pai quando ainda era bem novinho, eu também sofri uma perda e era bem mais nova que você. Mas, deixa eu continuar. Já te contei dos namoros que tive e de como eles me fizeram sofrer né?

_ Já sim, lembro bem. Você disse ter sido até violentada por um deles certo?

_ Isso mesmo. Dias sombrios na minha vida que só se tornaram ensolarados após Cristo aparecer, e é isso que te falta sabia?

_ Ahhh não, você vai vir com esse papo de igreja pra cima de mim? Pode parar! Tô fora! Deus pra mim é meu dinheiro no bolso e acabou!

_ Ei! Quieto! Vou te falar de muita coisa menos de uma igreja. Agora cala essa boca enorme e me ouve. Até porque, esse tal dinheiro no bolso que você diz ser o se deus não pôde fazer nada para amenizar sua situação. Olha bem para você, o que o dinheiro ou qualquer outro fator externo vai ajudar agora? Em nada né? Então tenta me ouvir de coração aberto.

_ Assim você machuca. Aos risos, Vitorino acenava para que Rita continuasse seu relato.

_ Deus entrou na minha vida e mudou tudo! Hoje, a paz que eu tenho para mim e para resolver todas as dificuldades que aparecem são nítidas e só não vê quem não quer. Olha, eu cheguei ao auge da depressão que a minha única vontade era morrer, cheguei até a pensar no suicídio porque uma voz falava claramente que eu só seria feliz se tirasse a minha vida.

Rita faz uma pequena pausa, respira e continua seu relato sendo ouvida por um Vitorino visivelmente impressionado.

_ Me fala mais. Parece mesmo que seu Deus te mudou, eu não consigo imaginar você sendo como está falando que você era.

_ Nem eu Vitorino, a Rita Salvatore de hoje nada lembra essa que estou te contando; olho para trás e vejo o quanto Deus foi bom em ter aceitado a minha vida. Mas, escuta só, eu vejo que você tem problemas com sua família e consigo mesmo; eu vejo muito de mim em você, então acredito... Aliás, tenho certeza que a mesma mudança que aconteceu comigo pode acontecer com você. Basta uma atitude sua, e pronto! Vejo tantas pessoas por ai que poderiam ter uma vida melhor com qualidade se apenas entregassem seus caminhos para Deus; é fácil entender, as pessoas se entregam para tantas coisas fúteis tipo: sentimentos, relacionamentos, artistas, fama e por ai vai que bastaria se entregar para Deus com a mesma intensidade mas, muitos ainda preferem tudo isso que falei a viver totalmente para Deus. Por isso uso essa pulseira do "escolhi esperar", por isso sou dessa forma, por isso sou outra pessoa em relação a tudo que já vivi, por isso eu posso dizer que sou feliz. E sendo assim, quando você sair desse hospital eu vou te levar para assistir uma reunião junto comigo.

_ Não sei se aceito esse convite. Respondeu Vitorino.

_ E quem disse que é um convite? Não pedi a sua opinião, tô falando que vou te levar e pronto! Disse Rita aos risos.

Vitorino apenas abre um sorriso e sem muita opção, acaba por concordar com o que Rita estava falando. Naquele momento, uma grande curiosidade pairava sobre a cabeça dele em saber se realmente era possível que tudo dito por ela pudesse acontecer com ele, que se achava um caso perdido.

No fundo, ele resolveu ouvir tudo que ela disse por estar apaixonado por ela, mas de alguma forma pareceu fazer sentido todas as palavras ditas naquele instante.

A noite ia passando lentamente e os dois tecendo assuntos que remetiam ao fato de Rita não ter conhecido sua mãe, que morreu no parto dela, e também na distância afetiva que ela tinha com seu pai; segundo Rita, seu Deus a fez perdoar e esquecer.

Ambos pegaram no sono, e o dia já vinha raiando...

A manhã seguinte seria de grandes surpresas e ações inimagináveis para a família Panacera.

Na madrugada hesterna, Pietra não dormiu... Em sua cabeça somente a ideia fixa de como ajudar seu amado a sair da cadeia e assim que apareceu o primeiro raio de sol ela levantou-se da cama numa atitude impensada partiu em direção desconhecida até mesmo para ela.

Fazendo um trajeto que oscilava entre andar a pé e conduções públicas Pietra consegue após algumas horas chegar a seu destino: a comunidade onde Sibite era o chefe. Isso mesmo! A menina foi buscar ajuda dos comparsas de seu amado. Logo nos primeiros passos dentro da comunidade ela é parada por um homem armado, que de pronto a aborda:

_ Ei mocinha, tá indo pra onde? Disse o indivíduo apontado uma pistola na direção de Pietra.

_ Quero falar com quem manda aqui sem o Sibite.

O tom de voz alto, e a firmeza no olhar chamaria a atenção de qualquer pessoa; e assim com esse ato completamente afoito Pietra desafiava a morte ao entrar naquela comunidade desse jeito.

_ "Tu quer" o que? Tá maluca?

Nesse momento, outro individuo chega e reconhece Pietra e faz um alerta ao companheiro que estava por impedir o acesso dela à comunidade:

_ Cara! Para com isso! Essa aí é a princesinha do Sibite! Quer que ele te mate?! Já busquei essa mulher aí algumas vezes de moto e trouxe pra cá.

Imediatamente, a pistola que estava apontada foi recolhida e o tom ameaçador foi trocado.

_ Perdoa aí dona, eu não tinha reconhecido que era a senhora... Foi mal.

_ Não quero saber, eu quero falar com quem manda aqui na ausência do Sibite. Enfatizou Pietra com tom de determinação.

_ Claro, claro... "tu vai" chegar nele.

E subindo mais ainda rumo ao topo da comunidade Pietra foi revendo um caminho que fez para encontrar com seu amado, e a saudade foi aumentando. Na mente de Pietra, apenas o pensamento de tirar Sibite da prisão custasse o que fosse preciso! Ela estava disposta a abrir mão de sua vida por conta da liberdade dele, e assim com esse pensamento, ela foi caminhando até chegar à casa onde estava alojado a pessoa que segundo ela poderia ajudar na fuga de Sibite.

_ Godzila, essa mulher que falar contigo. Assim foi entrando na casa e anunciando a presença de Pietra.

Ainda de costas Godzila, que era o chefe da comunidade quando Sibite não estava, perguntou quem era ao que teve como resposta um simples "olha".

Ao virar de frente e ver quem era, ele de imediato reconhece e exclama:

_ Jamais pensei que "tu viesse" aqui. Quer o que princesinha?

_ Tirar Sibite da cadeia. Não acredito que vocês vão ficar aqui de braços cruzados esperando sei lá o quê.

O excesso de confiança de Pietra assustou a todos que estavam na sala, o traficante olhou pra ela pondo-se de pé e disse que esperava algo assim dos que estavam na sala mas, se veio dela ela também teria que ajudar a tirar o chefe das grades.

Conversaram por horas elaborando um jeito de recuperar a liberdade de Sibite e o primeiro passo seria analisar o local onde ele estava preso e obter o máximo de informações no intuito de ajudar na elaboração do plano. Assim, ficou acertado que Pietra faria uma visita a Sibite e tanto olhando o local quanto perguntando a ele sobre rotinas daquele lugar traria informações fundamentais para o sucesso do plano.

Antes de sair da comunidade, Pietra vira em direção ao traficante chamado Godzila e pergunta:

_ De onde vem esse nome, "Princesinha do Sibite"?

_ "Tu não sabe" o quanto o chefe tá amarrado na tua, ele disse que "tu é" a princesa dele e geral aqui no morro já te conhece assim. Quem mexer com você aqui pode si considerar um homem morto. E o chefe Sibite não brinca com isso.

Pietra sorriu gostando claramente desse "poder" e descendo a comunidade de cabeça erguida saiu dali. Até que pensou melhor, lembrou-se de toda distância que ia percorrer para retornar e, voltando ao local esconderijo sentenciou:

_ Ei Godzila, chama o motoqueiro. Ele vai me levar de volta.

Apontando para um dos homens que estava ali perto, Godzila manda com um aceno que a ordem de Pietra, a princesinha do Sibite, seja atendida. Passados alguns poucos instantes, o motoqueiro aparece entregando o capacete a Pietra; ela sobe a moto e diz que vai visitar o Sibite naquele mesmo dia e que voltaria na intenção de dar seguimento ao plano de fuga.

Em sua mente, Pietra só pensava em como ir até seu amado e tecer os planos que o tirariam daquela prisão mas por hora, ela precisava retomar sua vida pois a rotina de moça caseira estava já a muito comprometida por conta de todos os acontecimentos com seu irmão e seu amado Sibite. Chegar em casa era essencial, e saber onde estava a chave do velho carro de seu pai também era uma de suas preocupações.

De volta ao lar, Pietra se vê sozinha e enfim poderia achar a chave e descobrir o que estaria sendo escondido dentro do carro por todos esses anos. A chave perdida não saia do pescoço de Antonella por nada e esse estranho sumiço serviria para algo que há muito tempo era desejado tanto por Pietra como por Vitorino; sendo assim, Pietra deu início a uma árdua procura revirando a casa de pernas para o ar. Chegando na cozinha ela revira todos os potes, portas e compartimentos existentes até que ao tirar o fogão da parede um brilho chamou sua atenção, era a chave!

Pietra corre para pegar e seu sorriso mostra a felicidade de quem enfim vai tirar um caminhão de dúvidas de sua cabeça mas como nem tudo acontece como queremos, um som de porta a deixou intrigada e antes mesmo que ela pudesse sair para ver do que se tratava, a voz de sua mãe ecoou pela cozinha:

_ Larga a droga dessa chave agora menina enxerida!

_ E por qual motivo eu deveria fazer isso? O carro que está lá fora também é meu, também me pertence e tenho o direito de saber o que tem dentro dele. A voz de Pietra e a expressão corporal dela nem de longe lembravam a doce menina que Antonella estava acostumada a lidar e isso causou espanto.

_ Com quem você pensa que está falando? Me dá logo essa chave ou...

_ Ou o que? Vai me arremessar novamente contra parede? Olha mãe, muita coisa nessa casa precisa mudar a começar por segredos envolvendo meu pai. A chave fica comigo.

Antonella vai de encontro a filha e com um só puxão toma a chave de suas mãos, Pietra ameaça enfrentar a mãe, mas é contida por um puxar de faca.

_ Vem! Você está se achando muito mulher, então vem! Disse Antonella apontando a faca para a própria filha enquanto caminhava para trás saindo da cozinha.

Pietra parada não acreditava no que estava acontecendo e caindo em si, viu que seu ato não coadunava com todo o carinho que sua mãe nutria por ela e começando a chorar copiosamente pedia desculpas para a mãe que balançando a cabeça apenas concordava em aceitar o pedido da filha.

Naquele instante, Pietra esqueceu completamente que precisava visitar Sibite antes que esse fosse transferido para prisão; por alguns momentos ela apenas chorou muito agarrada a seu travesseiro lembrando que seus atos nada dignos faziam sua mãe sofrer.

Antonella, já dentro do carro, chorava agarrada a um envelope pardo manchado pelo tempo sem a menor previsão de quando sairia dali, era seu refúgio quando tudo ia mal o carro tornava-se uma terapia. Mas o que poderia estar dentro daquele envelope?

Capitulo 8 – Voltando para casa

Toca o telefone na casa dos Panacera e mesmo sem a menor condições de falar, Pietra atende. Era Rita falando do hospital dizendo que Vitorino estava de alta médica podendo assim retornar para casa. Pelo menos um motivo de alivio e festa para uma família assolada pela dor nos últimos dias.

Pietra corre em busca da mãe para contar a notícia e após revirar toda casa percebe que ela só pode estar em um lugar: o carro. E assim, indo para a garagem encontra a mãe em lágrimas agarrada ao envelope de papel e isso só faz aumentar mais ainda a curiosidade dela acerca dos segredos que envolviam aquele velho automóvel.

_ Mãe, que envelope é esse? Perguntou Pietra batendo levemente na janela do carro.

_ Nada Filha, nada que mereça atenção. Quem era ao telefone? Antonella disfarçadamente guarda o envelope no porta-luvas enquanto muda de assunto.

_ Rita dizendo que o Vitorino já pode vir pra casa, estou avisando porque vou busca-lo. Tudo bem se a Rita vier para cá?

_ Claro que pode! Amei aquela menina, tomara que ela e seu irmão resolvam logo essa situação deles; creio que essa moça vai colocar um pouco de juízo na cabeça dele. Antonella para, olha para o céu e sorri... Pietra se emociona pois já não se lembrava a quanto tempo não via um sorriso de sua mãe e a deixa para poder buscar seu irmão no hospital.

Caminhando para o hospital Pietra só pensava em Sibite, em como tirar da prisão e o tempo não era seu aliado naquele momento, pois se ele fosse transferido para o presídio as chances seriam remotas de uma fuga, mas, era muito mais importante o bem estar de sua família então ela devia aplicar todos os esforços em auxiliar a recuperação de seu irmão. Enfim, a família estaria reunida novamente.

A chegada de Pietra foi somente para formalidades porque Rita e Vitorino já estavam com tudo pronto para saída faltando apenas o relatório médico.

_ Podemos ir? Perguntou Pietra.

_ Ainda não, precisamos falar com o médico e ele disse que só falaria quando você chegasse. A resposta de Vitorino causou medo em Pietra que de pronto foi procurar o médico.

_ Doutor, bom dia! Sou a irmã do Vitorino, ele está liberado, mas parece que o senhor precisa falar algo.

_ Ah sim, bom dia. Vamos ao quarto, ele também precisa ouvir.

_ Bom dia rapaz, tudo bem? Bom dia linda acompanhante.

_ Olá doutor, bom dia. O que eu tenho? Questionou Vitorino sendo enfático em saber o motivo de seu mal súbito.

_ Veja bem, o que você tem eu não posso dizer agora porque é uma incógnita também para nós. Eu preciso que você retorne aqui daqui a dois dias para fazer um exame mais detalhado. Minha equipe desconfia de uma doença e vamos necessitar desse exame para termos certeza. Responde para mim, você sente falta de ar com frequência?

_ Sim, respondeu Vitorino.

_ Taquicardia, cansaço e tonturas?

_ Taquicardias bem de vez em quando, mas, as outras duas sim, direto doutor.

_ Dores de cabeça, sangramentos na gengiva e tem dificuldades de cura em cortes?

_ Ah sim, com certeza.

Nisso, a entrevista é interrompida por Pietra que ofegante pergunta ao médico o que todos aqueles sintomas tem a dizer.

_ Doutor, o que meu irmão tem? Se todos esses sintomas estão nele podemos chegar a alguma conclusão, certo?

_ Errado. Como eu disse, ele vai voltar aqui em dois dias e faremos um procedimento que irá tirar a nossa dúvida; tomara que eu e minha equipe estejamos errados. No mais, podem ir, descanse muito meu rapaz eu vejo você depois de amanhã.

Assim foram os três dispensados do hospital e quando Rita já se despedia de Pietra e Vitorino soube de uma notícia que a deixou envergonhada.

_ Onde pensa que vai mocinha? Minha mãe nos está esperando para um almoço de comemoração.

_ Eu? Na casa de vocês para um almoço? Ruborizou Rita mas não pensou em recusar.

Então, partiram do hospital com risos "amarelados" porque a situação de Vitorino não ficou totalmente esclarecida. O almoço na casa dos Panacera serviria para amenizar os últimos acontecimentos e aproximar Rita dos familiares de Vitorino.

Ao retornarem à residência dos Panacera, Pietra foi logo atualizando sua mãe sobre o estado de saúde de Vitorino; Antonella abusou do direito de ser mãe e verteu aquela costumeira lágrima ao saber tudo que seu filho ainda iria passar. Não saber o que ele tinha trazia uma imensa interrogação na cabeça de todos porém os exames que seriam feitos trariam um ponto final para tantas perguntas que eles tinham; Vitorino sofria com esses sintomas desde muito pequeno sem que médico algum pudesse dar um veredicto ao ponto que a família acabou acostumando com as dores; mas, de uns tempos pra cá o rapaz passou a definhar.

Almoço posto à mesa é hora de sentar e comer mas, alguns assuntos são inevitáveis de virem à tona...

_ Rita, fique à vontade! Pode se servir como se estivesse em casa, tá? A expressão no rosto de Antonella era de quem estava feliz pela presença daquela menina mesmo não sendo oficialmente namorada de Vitorino.

_ Obrigada dona Antonella, estou muito bem.

_ Vamos comer e conversar. Eu tenho um caminhão de perguntas pra te fazer. Disse Pietra esfregando as mãos com olhar de arteira.

_ Ai meu Deus... Eu sabia que ia ter alguma coisa nesse almoço pra me deixar com vergonha. Dá pra pegar leve maninha? O olhar de Vitorino deixava claro que ele estava preocupado com as perguntas vindas de Pietra.

_ Não, não, tudo bem, pode perguntar o que você quiser. Se for algo estranho pra mim, vou ficar vermelha e não respondo.

Todos riram e as perguntas começaram de ambos os lados pois a jovem Rita Salvatore também tinha curiosidades sobre a família de Vitorino.

_ Nossa! Vocês se conheceram num atropelamento! Só mesmo o meu irmão pra acontecer isso.

_ Que nada! Perfeitamente normal. Disse Vitorino aos risos, enquanto saboreavam a sobremesa.

_ Seu irmão é muito legal, sabia? Gosto da companhia dele e ele já sabe disso. Fiquei em pânico quando soube que ele estava internado. Só Cristo pra me confortar.

_ Falando em Cristo, interrompeu Pietra, me fala dessa linda pulseira que você está usando. Eu sei do que ela trata porque tem alguns colegas lá no trabalho que usam; só quero saber se você leva à sério.

_ Ah sim! Levo e muito! Eu realmente resolvi esperar. Tive namorados, tive muitos problemas com um monte de cafajestes que usaram de minha inexperiência e quase arruinaram a minha vida.

_ Quase? Perguntou Pietra com tom de muito interesse no assunto.

_ Sim, quase. Por muito tempo eu achei que era uma sem jeito, mas Deus colocou jeito na minha falta de jeito e estou aqui. Por isso resolvi esperar.

_ Ahhh você é cristã! Por isso essa doçura toda! Afirma a mais feliz das mães.

_ Finalmente meu filho conheceu alguém que vale a pena. Olha, tomara que vocês se acertem, tomara mesmo porque você me parece ser a pessoa que vai tirar meu menino desse mundo de dor que ele escolheu viver.

_ Que nada! Para com isso mãe! Não tem nada de errado com meu mundo! Sou um jovem normal. Que saco! Tem sempre que me colocar como o culpado das dores do mundo.

_ Não é isso bambino, falo para o seu bem. Deixa eu lavar esses pratos e volto pra falarmos mais sobre seu mundo. Saia Antonella rindo quando Rita se prontifica a ajudar com a louça.

_ Não filha, deixa comigo. Fica aí com Pietra e Vitorino que já eu volto.

_ Tudo bem, saiba que precisando de ajuda pode me chamar.

Com a retirada de Antonella da sala, os três jovens passaram a conversar sobre temas mais jovens modernos e ainda assim, os temas trouxeram o passado de Rita à tona e uma surpresa para os Panacera.

_ Rita contei pra Pietra que você também tem descendência italiana.

_ Ah sim, e com muito orgulho! Meus ancestrais vieram parar aqui no Brasil já tem muito tempo.

_ Legal, como é seu nome completo? Perguntou Pietra.

_ Rita Maximo Salvatore, respondeu a jovem.

Nesse instante ouviu-se sons de louças quebrando na cozinha. Era Antonella que havia deixado cair alguns pratos ao ouvir o nome completo de Rita.

_ Mãe?!?!? Tudo bem? Corre Pietra! Vai ver o que houve com nossa mãe.

Pietra e Rita levantaram com avidez e foram até a cozinha onde encontraram Antonella quedada ao chão, pálida e ofegante. Sua falta de ar e taquicardia eram tão nítidos que Rita tratou de pegar um copo com água e levar-lhe.

_ Toma dona Antonella, bebe... A senhora está bem? O que aconteceu?

_ Estou sim, nada aconteceu... Os pratos caíram da minha mão; vai dizer que isso nunca aconteceu com você? Responde Antonella com ar bravo e pirrônico.

_ Calma mãe, só perguntamos, pois, a senhora tá caída. Se está bem, venha, senta um pouco e deixa a gente limpar essa bagunça.

Antonella é colocada pela filha em uma cadeira, mas seus olhos continuam fitos em Rita por muito tempo. A única reação foi balbuciar uma pergunta:

_ Rita, qual sua idade?

_ 21, tenho 21 anos de idade dona Antonella.

_ O que isso tem a ver mãe? Por que essa pergunta agora? A curiosidade de Pietra ficou sem resposta e somente um olhar tenso sobre Rita foi a reação de Antonella.

Recolhidos os cacos, varrido o chão e percebido que após o acontecido Antonella não proferiu uma palavra sequer Rita se despede de todos meio sem saber o que acontecera e promete voltar para saber o que se passou nos exames de Vitorino. Pietra também se apronta para sair e estado atônito de Antonella foi era tão grande que nem notou a ausência de sua filha por algumas horas, ela ficou em seu quarto calada olhando para o teto enquanto longe dali um plano de fuga começava a ser elaborado.

Ainda que a preocupação com a saúde de seu irmão fosse grande, Pietra ainda tinha uma questão para resolver: tirar Sibite da delegacia antes que fosse transferido para uma penitenciária. Então aproveitando que Rita estava também de saída, ela saiu rumo à delegacia onde Sibite estava preso, porém antes ela precisava se disfarçar. Sem a menor condição de aparecer por lá como ela realmente é então, foi primeiro ao seu trabalho pedir alguma ajuda para mudar, ainda que por alguns minutos, o visual.

Chegando a clínica onde trabalha, todos perguntavam por seu irmão e as notícias de seu estado de saúde não foram animadoras para ninguém; Pietra chora um pouco, o choro que estava contido desde que soubera dos exames e das complicações para ter um diagnóstico preciso; como chorar perante sua mãe já que era necessário passar forças para todos? Assim, por alguns minutos, Pietra desaba em lágrimas para poder aliviar todo o peso que estava carregando em suas costas; o seu verdadeiro motivo de ir até a clínica não era esse então de pronto após o desabafo ela procura uma de suas colegas de trabalho e roupas sociais, uma peruca loira cacheada, bolsa executiva e sapatos emprestados. A colega acha estranho mas, tendo todo esse material disponível vão até a loja de roupas da família dela e empresta tudo que Pietra pediu sem sequer perguntar o porquê. Pietra então veste tudo mudando completamente sua aparência e parte para o seu paradeiro que é a delegacia.

Chegando lá...

_ Boa tarde! Sou a Dra. Amanda Ribeiro, e vim ver meu cliente o Sr. Antônio Carlos de Almeida.

_ Só um minuto, responde o atendente.

As pernas de Pietra tremiam mais que tudo, ela tentava manter a calma aparente mesmo estando nervosa como nunca antes estivera.

_ Boa tarde! A senhora é quem?

_ Dra. Amanda Ribeiro, advogada do Sr. Antônio Carlos Almeida. Soube que ele está detido aqui e quero vê-lo.

_ Ok. Sou o Delegado Rodrigues e vou te levar até seu cliente. Acompanhe-me por favor.

O andar sedutor de Pietra foi tão intenso como um trottoir e isso deixou todos ali parados que nem sequer pensaram em pedir qualquer tipo de identificação. Caminhando pelos corredores da delegacia, pode ver a existência de apenas uma câmera de segurança na entrada; esse foi um dos pedidos de Godzilla, saber tudo que estava cercando a rotina daquele lugar. E um curto caminho da entrada até a cela em que estava preso Sibite também foi notado e bem animador já que não importasse qual fosse o método usado para tirar o amado de dentro daquela delegacia aquele percurso curto seria excelente. E eis que o encontro acontece...

_ Ô Toninho, levanta aí que você tem visita! A fala grossa e intensa do delegado chamou a atenção de Sibite, afinal, quem seria a sua visitante?

Ao virar a cabeça em direção das grades pôde ver quem era mesmo estando totalmente disfarçada. Entendeu de cara que se tratava de alguma forma de contato e resolveu cair na ideia.

_ Ah sim, olá, que bom, alguém aqui.

_ Olá Sr. Antônio vim ver como está a sua situação aqui, como sua advogada tenho obrigação de ajudar.

_ Então vamos botar os papos em dia doutora, tenho muita vontade de "meter o pé" daqui. Disse Sibite esfregando as mãos.

_ Posso entrar delegado, ou tem algum lugar que eu possa falar com meu cliente liberadamente?

_ Claro doutora, a senhora pode entrar e tem 15 minutos para falar com esse... esse...

_ aham.. Interrompeu a advogada falsificada antes que o delegado pudesse tecer qualquer comentário pejorativo.

_ Então, bom papo pra vocês. Volto em 15 minutos.

Abriu a cela, deixando os dois a sós; Pietra entra e de cara fala pra que Sibite a deixe explicar tudo que estava planejado.

_ Fale comigo como se eu me chamasse Amanda, sou sua advogada entendeu? Eu estive na comunidade e conheci o Godzilla, precisamos que você nos conte detalhes daqui para que a gente possa montar um esquema de fuga.

_ Você é mais maluquinha que eu pensava! Eu não vou deixar você entrar nessa canoa furada! Pirou?!?! Perdeu a noção do perigo?

_ E você tem opção? Vão transferir você pra um presídio ai já era! Não vamos ter como fazer nada, você vai deixar o nosso plano agir e tá acabado entendeu? Olha, continuou Pietra, me passa tudo que você notou nesses dias que está aqui. O Godzilla quer a rotina desse lugar, eu já vi que só tem uma câmera de segurança na entrada e isso deve ser bom né? Já deu pra notar tudo ou precisa de alguns dias?

_ Caraca... você é doida! Olha Maluquinha, o bagulho aqui é molezinha, porque todas as noites ficam apenas um delegado e dois policiais na entrada.

_ Que horas isso?

_ Calma, me escuta. Argumentou Sibite enquanto segurava as mãos de Pietra.

_ Todos dos dias às 23h30min vem uma "menina da vida" atender aqui o delegado.

_ Perai, perai uma o que?

_ Uma "menina da vida" Pietra, "tu não sabe" o que é isso? Perguntou aos risos o encarcerado.

_ Não. E que obrigação eu teria de saber? Ah eu hein, você fala cada coisa. O semblante de Pietra fechou e o tom de raiva na voz fez com que Sibite mudasse os termos usados afim de que a falsa advogada pudesse entender.

_ Tá bom, se liga, uma prostituta vem aqui todos os dias as 23h30min. É sempre nesse horário mas não é a mesma menina, sempre o cliente é o delegado e os dois policiais ficam lá fora na entrada.

_ Certo, quanto tempo ela fica aqui?

_ Sei não, acho que umas duas horas.

_ Algo mais que lembre pra me dizer? Nosso tempo está acabando. Já falaram quando vão tirar você daqui?

_ Ah sim, ouvi um papo de que em três dias fazem a minha transferência.

_ Tá bom, olha fica esperto pois eu não sei se poderei voltar aqui então nesse período de três dias vamos fazer algo pra tirar você daqui.

_ Tudo bem, mas tenta tomar cuidado. Não se mete nessa, deixa que os meus meninos fazem o serviço.

Nesse momento o delegado interrompe já que o tempo havia chegado ao fim e era necessário que a advogada saísse. Sendo assim com as devidas despedidas, cliente e advogada são separados. A saída de Pietra da cela rumo a porta principal causa furor nos policiais e nos detentos e foi notório alguns gracejos vindos das celas e olhares bem indecorosos por parte dos oficiais. Mesmo assim, Pietra na pele da Dra. Amanda Ribeiro manteve a seriedade e saiu deixando todos os homens daquela delegacia suspirando o doce perfume deixado por ela no ar.

Passados alguns metros da saída a primeira atitude de Pietra é ligar para Godzilla e dizer que precisava falar com ele. A orientação era assim que possível ir à comunidade, segundo o traficante aquela conversa não poderia ser feita de qualquer maneira e haviam além de desenhos para serem feitos outras pessoas tinham que participar da conversa. Pietra entendeu, concordou, e disse que estava animada com o que viu.

Imediatamente, foi a loja devolver o disfarce e partiu para o trabalho dar uma satisfação para todos. Lá as colegas de trabalho disseram que Pietra estava muito diferente havia um tom de alegria nela mesmo com o estado de saúde de seu irmão.

A única resposta que foi dada era que estava amando e isso havia mudado seu modo de ser.

_ Hummm e quando é que vamos conhecer esse homem tão transformador? Perguntou uma colega, a mesma que havia emprestado as roupas usadas pela falsa advogada.

_ Breve, ainda não é oficial, mas estamos nos dando bem.

_ As roupas eram pra ele?

_ Roupas?

_ Sim, as roupas que te emprestei da loja.

_ Ah sim, claro fiz uma surpresa pra ele. Respondeu Pietra olhando para o teto. Sua cabeça e suas respostas nada tinham a ver com as perguntas da colega mas eram respostas que cabiam no assunto.

_ Ele deve ter gostado porque você estava simplesmente linda!

_ Gostou sim, ficou surpreso no início, mas acabou gostando.

_ Pietra, quem diria que você ia namorar e já até fez surpresinha pro namorado. Sempre te achei caladinha e comportada mas, pelo visto deu uma mudada né amiga?

_ Precisei. Respondeu com risos a envergonhada Pietra.

E assim, os planos de Pietra em tirar seu amado da delegacia começavam a tomar forma, ela precisava agora levar as informações ao comparsa dele e ver como fazer uma ação bombástica para resgatar Toninho Sibite de lá. Seria fácil? Seria rápido? Nada disso era comum para ela e sendo assim estava nas mãos de Godzilla todo o planejamento de fuga.

Enquanto se realizavam aqueles acontecimentos em relação ao falso atendimento da advogada com Sibite, na casa dos Panacera Antonella questionava de forma ávida seu filho sobre seu relacionamento com Rita. Alguma coisa havia perturbado o coração daquela mãe referente à jovem doce e meiga que estava conquistando o coração de Vitorino e de todos da família, ou, de quase todos.

_ Filho, me fala como você conheceu essa menina novamente, já foi na casa dela conhecer os pais?

_ Não mãe, o meu relacionamento com a Rita não passa de uma amizade; não temos nada além disso. Eu até quero, mas estou respeitando as opções dela.

_ Eu vi a forma que vocês se olham, não tenta me enganar. Tem algo naquela criatura que não me agradou, porém a você ela agrada até demais mas, ela não é pra você. Você precisa urgentemente se afastar daquela garota! E nem adianta me dizer que gosta, que ama, que qualquer coisa, eu estou te dando uma ordem! Filho, ela não é para você e gostar dela só vai te fazer sofrer.

_ Só um momento mãe, por alguns momentos eu achei ter ouvido você falar maravilhas de Rita e sorrir muito com ela e para ela. O que mudou? Não é possível que de uma hora pra outra a senhora encanou que a garota não serve pra mim, isso se fosse a senhora que vai resolver quem serve ou não pra mim. Por favor mãe, isso não cabe pra senhora.

_ Não cabe?! Disse Antonella com olhar de raiva pela resposta do filho. Cabe e muito! Você mora no meu teto e vai fazer o que estou mandando, isso não é um pedido! Você precisa entender filho, essa garota tem tudo pra fazer você sofrer e muito, isso eu não vou deixar acontecer, portanto se afaste dela.

_ Como assim ordem mãe? Tem como me explicar em que momento aqueles risos no hospital entre vocês três se transformou nisso aí? Não entra na minha cabeça ver essa mudança, foi algo que ela disse? Só pode ter sido.

_ Já teve beijo ou aquela conversa de esperar sei lá o que é verdade?

_ Não mãe, como eu disse para senhora, somos apenas amigos. Eu bem quero algo com ela porque gosto muito de estar perto dela... A fala de Vitorino é interrompida por um grito de Antonella...

_ Gosta droga nenhuma!!! Nunca mais repita isso! Você não pode ter nada com aquela garota! Eu não quero!

Os olhos de Antonella estavam petrificados e o semblante sisudo trazia uma seriedade enorme para aquela conversa, as perguntas de Vitorino não tiveram respostas e só deram por originar mais perguntas da mãe e a veemente afirmação de que não teria gostado de Rita e não querer que os dois firmassem um relacionamento.

_ Você não acha Vitorino que essa menina é perfeitinha demais? E aquela pulseira disfarçando as reais intenções dela? Pelo amor de Deus, quem acredita naquela história de esperar, de Deus, de sair da depressão porque passou a frequentar uma igreja? Loucura!

E nessa hora em que Antonella esbravejava contra Rita, Pietra adentra a casa e não acredita no que está ouvindo; não parecia ser a mesma Antonella de antes com tão duras palavras acerca de Rita.

_ Mãe, a senhora está falando de quem? Da Rita não pode ser. Pietra nem bem entrou em casa e já foi questionando a ação da mãe contra Rita.

_ É dela sim. Não quero nunca mais aquela mulher aqui em casa e muito mesmo saber que você, Sr. Vitorino, voltou a se encontrar com ela, entendeu?

_ Hey! Só um pequeno instante mãe. A senhora está falando de uma moça que parou sua vida por dois dias inteiros para cuidar de mim, que veio até a minha vida trazida por Deus porque após ela eu passei a ser uma pessoa melhor, eu me sinto melhor; a senhora está falando de defeitos que só existem na sua cabeça. O que aconteceu?

_ Mãe o Vitorino está certo, a Rita ajudou muito nesses últimos dias e demonstrou uma afeição grande por ele. Tem como explicar de onde veio essa aversão repentina? Ninguém muda de opinião sobre alguém em minutos. Eu fui ali e quando volto encontro a senhora totalmente modificada em relação à Rita. A senhora estava dizendo que finalmente o mano achou alguém que ia colocar juízo na cabeça dele e agora está assim. Difícil entender se a senhora não explicar.

_ Vão ficar me questionando ou obedecer ao que estou mandando? Eu não quero aquela mulher aqui e nem na nossa vida!

As ordens de Antonella cada vez mais faziam menos sentido, menos se entendia sobre o motivo que ela estava rejeitando alguém que a pouco tempo conhecera; se existiam motivos eles não estavam nítidos para nenhum outro membro da família.

Antonella sai da sala com pressa e vai direto ao carro antigo da família, entra, pega o envelope pardo guardado no porta-luvas, e começa a chorar como nunca antes; o choro dela dentro daquele carro já era habitual, porém naquela tarde Antonella chorou desesperadamente. Já sabendo onde sua mãe poderia estar, Pietra vai até o carro disposta a continuar a discussão sobre a Rita mas, ao se deparar com a imagem do choro de sua mãe ela apenas parou a olhar e estranhar a intensidade do choro. Uma miscelânea de pena e curiosidade pairava sobre a mente de Pietra naquele momento já que nada fazia sentido. Nada mais fazia sentido...

Em seu quarto, Vitorino também não entendia nada do que havia se passado na sala. Sua mãe ter amado e odiado Rita num pico de tempo não tinha explicação e o carinho que ele sentia por Rita não podia ser limitado por uma ordem sem sentido de sua mãe. E só restava a ajuda de sua irmã para tentar entender e contornar aquela insólita solicitação de Antonella.

Pietra entra no quarto de Vitorino ainda com os olhos marejados e avisa ao irmão o que viu. Ele mais ainda se confunde e os irmãos precisarão ser mais fortes para tudo que vem por aí.

_ Pietra o que houve? Conseguiu descobrir porque dessa mudança repentina?

_ Não. Somente muito choro dentro daquele maldito carro! O estranho é que ela agarra um envelope que já está amassado e sujo daí começa a chorar. Odeio aquele carro!

_ Vamos quebrar a janela dele hoje, entrar e ver o que tem naquele envelope. Tá decidido! Disse Vitorino olhando para Pietra com intensidade.

_ Tá louco? Ela morre. Sentenciou Pietra.

_ Olha, nada vai me separar de Rita. Eu sei que não temos nada físico, sei que não temos nada de nada mesmo mas, gosto muito dela e não vou deixar que agora sem nenhum motivo minha mãe jogue esse sentimento no lixo. Caramba, eu demorei uma vida pra gostar de alguém legal e agora minha mãe arruma esse escândalo sem motivo? Porque ela não nos conta o que "tá pegando" pra gente poder entender?

_ Calma, vamos dar um jeito. Tem coisas piores que podem ser resolvidas, imagina essa. Pietra falava sobre Sibite, era um assunto que por mais que todos os assuntos familiares viessem à tona, o seu amor por Sibite e seu engajamento em vê-lo fora das grades estava ocupando quase todo seu tempo.

_ Preciso da sua ajuda Pietra, liga pra Rita pede pra ela não vir aqui; diz pra ela nos encontrar no hospital no dia do exame.

_ Tá, eu ligo, mas por que você mesmo não liga?

_ Não vou conseguir falar isso pra ela.

Antonella ouviu a conversa dos filhos e lembrou que seu filho faria um exame em dias e que sua doença poderia ser grave; o coração daquela mãe estava em pedaços por diversos motivos, um dos quais ela não podia revelar e, na verdade, ela não queria que fosse revelado. A vida de todos os membros da família Panacera estava prestes a passar por uma imensa mudança e só o tempo poderia dizer quando, e como isso aconteceria.

Antes de deitar, já ao cair da noite, Antonella vai aos quartos de seus filhos e enquanto olha para cada um deles relembra todos os bons e maus momentos que passou ao lado de Alfredo; as dores de vida traziam para ela uma resistência que estava prestes a acabar por conta de um segredo com dias contados. As consequências de um segredo poderiam destruir uma família? Haveria compreensão? Nada como o tempo para trazer respostas para perguntas aparentemente inconclusivas.

Após um tempo fingindo que estava dormindo, Pietra se tranca no banheiro e com celular em punho faz uma ligação para Godzilla pedindo que o motoqueiro viesse buscá-la em um lugar combinado pois ela precisava contar tudo que viu e ouviu na delegacia.

O traficante atende ao pedido da Princesinha e marcam 30min de espera até que o motoqueiro chegue e a leve até a comunidade; esse era o tempo que ela precisava para se arrumar e sair sem que ninguém notasse sua ausência, Ela estava aflita com todas as situações vividas por sua família, mas em momento algum parou de pensar como tirar seu amado de dentro da delegacia.

Já era madrugada quando enfim Pietra conseguiu chegar na comunidade e pôde estar frente a frente com Godzilla. Era hora de explicar todas as informações colhidas que iriam servir para resgatar o chefão da comunidade e colocá-lo novamente em seus braços, e isso, era tudo que ela queria.

_ Vamos ao que interessa porque eu tenho pouquíssimo tempo, e o Sibite também.

_ Certo Princesinha, "dá o papo". Disse o traficante enquanto puxava uma cadeira e sentava para ouvir.

_ Olha, o próprio Sibite disse que lá é molezinha então nós não vamos ter problemas.

_ Nós? "Tu acha" que vou deixar você nesse rolo? O chefe me mata.

_ Cara, quando eu disser o que pensei você vai ver que precisam de mim nesse plano.

Daí Pietra começa a contar para Godzilla tudo que viu e o que ouviu de Sibite; contou sobre a prostituta que entrava na delegacia todos os dias, falou sobre a única câmera de segurança e de possuir apenas dois policiais de plantão após o horário da noite. As falas de Pietra eram anotadas por Godzilla e Pietra viu nesse instante o porquê de ser ele o 2º na hierarquia do morro, além de truculento e pouco piedoso, Godzilla era inteligente e sabia articular planos como um expert.

_ Veja o que eu pensei, disse Pietra. De alguma forma, podemos evitar que essa prostituta entre na delegacia e eu entro no lugar dela, rendo o delegado e vocês entram depois de um tempo rendendo os dois que estão lá fora. O que você acha?

_ Calma princesinha, o plano tá bom só vamos aos detalhes. Eu vou colocar oito homens dentro de uma van, o motoqueiro vai dar um sumiço na vadia e outra mulher vai tomar o lugar dela daí...

_ Outra mulher uma ova! eu! Eu vou tomar o lugar da garota.

_ Tá bom, que seja, você entra na sala do delegado e dá um jeito de algemar o canalha. Você terá quinze minutos pra isso, consegue?

_ Não tenho escolha. Nunca fiz nada parecido, mas preciso conseguir e vou!

Por alguns instantes Godzilla pára estático olhando para Pietra admirando a atitude daquela patricinha que estava dando os seus primeiros passos no mundo do crime.

_ Beleza. Após quinze minutos a galera entra e deixa que a gente já vai ter tudo certo pra agir, o chefe vai sair de lá.

_ Quando vai ser? Preciso avisar ao Sibite.

_ Não tem tempo pra isso não moça. Quando ele te ver vai saber que é a hora. O chefe sempre "tá ligado" nos movimentos e vai saber que a galera dele "tá aprontado" alguma. Deixa rolar de boa e fica fixa no teu papel: algemar o "delega".

Pietra acenou com a cabeça e sorriu deixando claro ter entendido tudo que vai precisar fazer.

_ Amanhã, as 21 horas o motoqueiro te pega no mesmo lugar de hoje. "vamo monta" uma tocaia lá na delegacia até a hora de agir. Pegou a visão?

_ Tranquilo, disse Pietra com um sorriso animador na face sem saber ao certo os riscos que ela estava correndo por amor.

Após se despedirem, o motoqueiro leva novamente a Princesinha do Sibite ao ponto inicial para que ela possa retornar a sua casa. Pietra nota claramente os olhares de todos que mesmo em face da alta madrugada ainda estavam andando pela comunidade. Alguns olham com sorriso, outros ainda acenam e ainda existem aqueles que chamam pelo nome: Princesa do Sibite. Isso a deixa com uma perigosa sensação de poder! Em sua mente ela não era mais a menininha filha dos Panacera passara a ser uma respeitada mulher.

Chegando em casa com passos lentos e silenciosos Pietra volta ao quarto ainda ostentando um grande sorriso por saber que dali a algumas horas seu amado estaria livre e seguro.

O dia ressurge e com ele velhas questões voltam à tona na vida dos Panacera. Vitorino consegue com alguma dificuldade se levantar e tenta dar rumo a sua vida, pois no dia seguinte teria um importante exame para fazer. Ainda na mesa do café, ouve os passos lentos de sua mãe que levantara mais tarde do que o habitual e entrando na cozinha olha para o filho e o saúda com um frio "bom dia".

_ Oi mãe, bom dia pra senhora! Tudo bem?

_ Sim, tudo. Só me preocupa agora esse tal exame aí que você precisa fazer amanhã.

_ Não há de ser nada grave; vamos lá ver qual é a do exame e o que ele diz. Eu "tô de boa" mãe nada vai me abalar.

_ Que bom meu filho, bom ver você assim animado. Eu estou juntando os cacos de pessoa que sobraram de mim.

Pietra entra dando bom dia a todos e um beijo na testa de sua mãe que nada entende, afinal, ontem eles tinham terminado o dia com uma briga sem precedentes e isso não justificava tanta animação da parte de seus filhos.

_ Mãe, disse Pietra, estou indo trabalhar e acho que não vou voltar cedo. Vai ter balanço hoje e eu estou escalada. Tenho horas para pagar e já deixar pra amanhã poder levar o Vitorino no exame junto com a senhora e a Rita.

_ Essa mulher não vai! Eu já disse que não quero saber dessa criatura na nossa vida. A voz de Antonella sobe de tom demonstrando claramente que a ira de ontem permanece hoje.

_ Mãe, tô pedindo. Preciso dela lá comigo

_ Não!

Nesse momento a campainha toca e Pietra sai para atender. Era Rita que veio visitar o Vitorino.

_ Oi Rita! Tudo bem? Entra, vem tomar café com a gente.

Ao ouvir o nome de Rita, Antonella muda novamente o semblante e sai em direção a porta de entrada da casa dos Panacera.

_ O que você quer?

_ Oi dona Antonella, eu vim ver o Vitorino e saber como estão todos.

_ Estamos bem, ele também. Você já pode ir embora.

_Mãe, o que é isso? Não fala assim com ela. Interrompe Vitorino já na sala junto com as três.

_ Dona Antonella, eu fiz alguma coisa errada?

_ Fez, não você não fez, aliás fez sim! Entrou na nossa vida.

Sem entender nada, Rita vai andando de costas em direção a porta e os olhos marejados deixavam claro o quanto ela estava triste com aquela situação e mesmo sem entender o motivo, saiu.

_ Rita! Gritou Pietra, eu não sei o que aconteceu com minha mãe, mas não deixa de ir ao exame amanhã mesmo sabendo que você não ficou legal com essa situação. O Vitorino precisa muito de você por perto. E no fundo minha mãe sabe disso, eu acho que é ciúme o que ela está sentindo.

Rita acenou com a cabeça em sinal de positivo e deu um sorriso de "canto de boca" e foi saindo deixando cair as lágrimas de decepção misturadas a não ter entendido nada do que acontecera; enquanto isso dentro da casa dos Panacera, Antonella e Vitorino discutiam de forma enérgica sobre Rita e, na verdade, nenhum deles entendia por qual razão Antonella estava tão irada com Rita uma vez que dias antes amava a ideia de Vitorino ter achado uma pessoa como ela.

_ Mãe, se a senhora explicar porque não quer a Rita com a gente vai dar pra entender, mas falando assim sem dar uma razão fica difícil.

_ Vitorino, deixa de ser teimoso e me obedece! Essa mulher não é pra você e só vai trazer dor e sofrimento, o jeito dela não tem nada a ver com o seu; tá na cara que essa história de "resolvi esperar" é uma fachada e ela não quer nada sério com você porque se quisesse já teria.

Vitorino começa a chorar...

Pietra vendo essa cena, fica parada por alguns instantes já que não se lembrava a última vez que tinha visto seu irmão chorando. A raiva aumentou, as palavras que vinham a mente eram de ofensas contra sua mãe então ela preferiu calar e somente abraçar seu irmão amparando o seu choro.

_ Calma mano, vai dar tudo certo. Vamos sair dessa, vai acabar tudo bem. Disse Pietra ao inconsolável Vitorino.

Rita chega ao seu trabalho, se tranca em um quarto e começa a orar ao mesmo tempo em que chora:

_ Senhor, sinceramente eu não sei o que houve com a dona Antonella e nem faço ideia do que eu possa ter feito para que ela agisse daquela forma, mas creio que o Senhor é dono de toda verdade então faça essa verdade aparecer e esclarece tudo! Peço ao Senhor, meu Deus, que traga paz aos corações daquela família e mostre a eles o Teu caminho. Se possível for me usa pra isso! Eu gosto do Vitorino e só não consigo dar um passo a mais em relação a esse gostar não sei por quê!

Estou confusa Deus! Ajuda tua serva nessa hora de dor...

As lágrimas tomam lugar da oração e durante alguns momentos a sós, Rita pode desabar em pranto devido a tudo que se passara; estava claro que ela gostava de Vitorino e nem mesmo ela sabia o que estavam impedindo de assumir isso; medo? Alguma dúvida? Ação do seu Deus?

Pietra saiu de casa e em seu pensamento só estava a fuga de seu amado Sibite, mesmo chegando ao trabalho o seu pensamento estava fixo no plano a ser executado logo mais à noite. As colegas de trabalho notavam que ela não estava como de hábito, mas não falavam nada. O temperamento doce e meigo de Pietra já não mais existia a muito tempo e todos notaram que algo havia acontecido só não sabiam o que e nem quando.

Pietra lembra que precisava de mais um disfarce, e isso queria dizer que a colega teria que emprestar mais uma vez roupas sendo assim, tornava-se necessário fazer contato com essa amiga.

_ Oi, vou precisar de sua ajuda mais uma vez.

_ Humm vamos ter brincadeirinhas com o namorado novamente?

_ Sim, vamos ter. Concorda Pietra afim de não dar margens ao assunto.

_ E o que vai ser? Podemos ir na loja no horário do almoço e você escolhe o que quiser.

_ Fechado! Vamos lá sim, você vai me transformar numa prostituta.

_ Que isso! Menina que homem é esse que está mudando você assim! Disse a colega de trabalho aos risos de uma alegria sem precedentes.

Pietra apenas riu e mesmo estando um pouco ruborizada disse à colega que se tratava do amor de sua vida. Ambas se abraçaram felizes, mas aquele abraço representava um pico de nervoso que habitava em

Pietra por saber o que realmente estava por acontecer. Ela trabalhou de forma normal, mesmo que algumas vezes estivesse com seu pensamento longe e não prestasse atenção nas medicações e prontuários da clínica sendo chamada a atenção por diversas vezes. Dentro de seu coração estava a chama acessa de uma paixão que a consumia e a incerteza de que o plano daria certo fazia seu corpo tremer. Pietra era forte, mas a situação era nova e trazia dúvidas que só o momento da fuga poderiam fazer sumir.

Chegada à noite, era hora de maquiar a jovem Pietra transformando numa prostituta, pois esse personagem seria fundamental no plano de fuga elaborado por ela e Godzilla; saem da clínica Pietra e a colega de trabalho em direção a loja de roupas que a família dessa colega possuía. Loja fechada, funcionários indo embora, cenário perfeito para os planos de Pietra porque quanto menos pessoas verem, melhor!

_ Vamos ver o que temos aqui. Você quer ser uma prostituta chique ou uma de rua? Perguntou a colega.

_ Não sei. Qual a diferença?

_ Vou montar um look legal pra você, daí me diz se gosta. Já vai sair daqui pronta? Posso te maquiar também.

_ Sim, sim, eu quero!

_ Então vamos começar, eu vou te deixar irresistível!

Começam a escolher as roupas e a cada modelo que era montado um misto de tesão e medo vinham sobre Pietra a excitação de rever seu amado mesclava-se ao medo de tudo dar errado. E continuavam a modelar o personagem, quando acabaram ninguém seria capaz de reconhecer Pietra! Ruiva, cabelos curtos, roupas coladas ao corpo com meia calça preta transparente, batom vermelho e uns sinais no rosto feito com lápis de olho deixaram a Pietra perfeitamente disfarçada e pronta para tudo que pudesse acontecer.

_ Amiga... Você está incrível! Seu namorado vai pirar quando te ver assim.

_ Muito obrigada pela ajuda, prometo que devolvo tudo pra você amanhã.

Despediram-se e Pietra ficou escondida esperando a hora de se encontrar com a van que os levariam até a delegacia. A certeza de que o seu disfarce estava perfeito veio quando algumas buzinas tocavam ao passar por ela e alguns homens até pararam para perguntar quanto era o programa. Pietra riu, dispensou a todos e enfim chegaram os homens que iriam salvar seu amado.

_ Entra aí Princesinha do Sibite, tá na hora do baile. Disse Godzilla de dentro da van.

_ E aí? Tudo bem?

_ Tudo. Arrasou no disfarce, assim não tem como reconhecer você amanhã nos jornais da TV.

_ Jornais?! Como assim jornais da TV?! Assustada, Pietra se deu conta que seu rosto poderia estar em todos os meios de comunicação no dia seguinte, pensou em sua mãe mas não pensou em desistir.

_ Ué Princesinha, se não matarmos a galera toda lá alguns vão fazer o retrato falado e geral vai ficar atrás da ruiva que ajudou a salvar um condenado. Se liga que a gente vai ficar famoso. Disse o traficante que dirigia a van aos risos.

_ É mesmo, pode ter certeza que vão te ligar a fuga e vai ser procurada tanto como nós. O bom é que teu disfarce tá bem legal. Disse Godzilla com as mãos nas pernas de Pietra.

_ Pode falar, mas tira essa mão daí. Sentenciou Pietra que mesmo nervosa ainda tinha controle da situação.

Partiram então rumo à delegacia e lá chegando, ficaram de tocaia com distância de alguns metros da porta principal. Momento oportuno para repassar o plano e fazer os últimos acertos já que nada poderia dar errado. Godzilla liga para o motoqueiro já dada a hora próxima da verdadeira prostituta chegar, ele estava perto e rodando as redondezas do lugar uma vez que nenhum deles sabia de onde a menina de programa iria aparecer.

_ Ela chegou! Vou pegar! Avisa o motoqueiro pelo rádio. Estava na hora de começar as ações de resgate.

_ Beleza, leva para comunidade e deixa a vadia lá. Vamos lá Princesinha, agora é com você. Assim que o "delega" estiver amarradinho me chama no rádio que a gente invade, lembra que não pode passar de quinze minutos.

_ Pode deixar, sei bem o que e como fazer.

_ Fé em Deus. Disse Godzilla ao abrir a porta para que Pietra travestida de prostituta pudesse sair. Estava na hora de salvar seu amado.

Pietra desce e caminha de maneira sensual e provocante em direção à entrada, ao chegar na delegacia os dois policiais que estavam ficaram boquiabertos com tamanha beleza e sensualidade.

_ Caraca! Hoje o pessoal lá caprichou, essa aí até eu pegava.

_ Oi boa noite! Seria legal, mas sou mulher demais pra um policialzinho. Cadê o delegado? Avisa que eu cheguei.

_ Tá bom, aviso sim.

O delegado saiu da sala e gritou para que mandasse a garota entrar. Quando se deparou com Pietra, deixou os óculos caírem e atônito olhava sem acreditar em tamanha sensualidade. Quando Pietra caminhou passando pelas celas, ouviu-se um alvoroço de gritos vindo dos presos, e um em especial nada disse apenas riu e maneou a cabeça sendo visto pela falsa garota de programa. Pietra passa, joga um beijo com a mão e segue na direção do delegado que nada dizia apenas olhava e apontava para dentro de sua sala.

_ Oi bebê, vamos brincar? Disse a nervosa Pietra interpretando um personagem que havia visto em filmes.

_ Claro. Balbuciou o delgado.

Entraram e Pietra analisou toda a sala para saber onde ia agir para imobilizar o delegado. Ele ofereceu uma bebida, e já veio em direção a ela com a intenção de tirar a roupa. Ela refugou, deu uma tapa em seu peito dizendo que ia dançar pra ele. O tempo passava depressa e ela só tinha quinze minutos.

_ Hoje você vai ter a melhor "transa" de toda sua vida. Depois de hoje você nunca mais vai querer outra garota aqui que não seja eu. Senta aqui. Apontou pra cadeira que estava por trás da mesa enquanto começava uma dança sensual abrindo a blusa.

Sentado o delegado viu o começo da dança, e ficou surpreso ao ver que a jovem tirava uma algema de sua bolsa; enquanto sentava no colo do delegado, esfregou seu corpo ao dele e o algemou na cadeira em que estava sentado. O rosto dele exalava prazer e todo o corpo tremia ansioso por possuir aquela mulher. Pietra abriu a blusa, tirou o lenço que usava em seu pescoço e novamente sentou no colo do delegado aproximando seus seios de seu rosto, usou o lenço para amordaça-lo; alisou seu rosto com ternura, deu um beijo em sua testa, foi ao seu ouvido e o chamou de otário.

Levantando de modo rápido pegou a bolsa e tirou um pequeno radio, olhou para o delegado que mesmo sem saber o que estava acontecendo tentava se soltar sem êxito. Pietra riu e tremendo de nervoso faz contato com os traficantes que estavam aguardando do lado de fora:

_ Podem vir.

_ Certo, respondeu Godzilla.

_ Caraca, a menina foi rápida! Achei que ela não fosse conseguir. Argumentou um dos traficantes.

Nesse momento os oito homens que estavam na van saem e invadem a delegacia. O primeiro tiro disparado foi direto na câmera de segurança e assim em meios a gritos começava a fuga mais esperada por Pietra.

_ Ninguém se mexe! Ninguém se mexe! Não quero matar ninguém hoje. Gritou um dos traficantes enquanto os demais rendiam os policiais.

Pietra sai da sala do delegado direto para a sela de Sibite, o sorriso em seu rosto era a certeza que enfim teria seu amado de novo ao seu lado. Ele vem em sua direção e indica que as chaves ficam com o delegado.

_ Godzilla, as chaves ficam com o delegado.

_ Ah é? Traz aqui um desses vermes aí da frente.

Trouxeram um dos policiais da entrada e todos foram para a sala do delegado. Na frente da delegacia apenas o outro policial devidamente amarrado e três dos traficantes que vieram salvar Sibite.

_ Seguinte "delega" pra não dar um tiro na cabeça desse aqui a menina vai soltar tua boca pra "tu falar" onde fica a chave da sela. Faz isso de boa e ninguém morre hoje. Pegou?

Pietra caminha em direção ao delegado e dessa vez sem sentar em seu colo desata sua boca.

_ Vocês acham que vão sair dessa? Acham mesmo que quando vocês saírem daqui não vamos mandar todos os batalhões do Rio de Janeiro atrás de vocês? Falou o delegado em tom de ameaça. Foi logo silenciado por uma coronhada seguida de frases de intimidação:

_ Fala só o que te perguntei e tudo acaba bem. Cadê a chave?

_ Não falo.

_ Chefe, pra que chave? "Vamo largar" o dedo nas portas e soltar geral!

_ Gostei disso! Disse Pietra.

E assim fizeram; todas as selas foram abertas na base do tiro sob os olhares do delegado novamente amordaçado e com a cabeça sangrando; os presos foram saindo e aos poucos a delegacia foi ficando vazia, quando Sibite saiu foi ao encontro de Pietra e a beijou demonstrando saudade e gratidão.

_ Eu disse para você não se meter nessa parada.

_ Eu precisava! Eu precisava ajudar você de alguma forma e o plano só daria certo se tivesse uma mulher na história.

_ Não precisava ser você. "Vamo" sair daqui. Disse Sibite dando a mão para Pietra.

Sibite abraçou calorosamente Godzilla e agarrado a um fuzil saiu junto com todos em direção a van onde um comparsa já estava esperando com o motor ligado. O que não era esperado aconteceu, um carro de polícia passava em frente à delegacia e viu a movimentação de vários homens saindo correndo. Começa um tiroteio!

_ Maluquinha, corre e entra na van. Vai rolar sangue e não pode ser o seu.

_ Nem o seu, vem e entra comigo, vamos embora daqui.

_ Não posso, espera que eu sempre volto. Disse dando um beijo em Pietra e ordenando que todos atirassem, mas fossem para dentro da van. Era hora de fugir e pelo rádio os policiais chamaram reforços tentando evitar a fuga dos bandidos.

Tiros para todo o lado, pessoas correndo e pânico frente à delegacia; os carros começam uma perseguição pelas ruas da cidade. Dentro da van, Pietra chora de nervoso enquanto alguns dos bandidos que com ela estão atiram contra os carros policiais, pneus atingidos fazem alguns policiais deixarem a perseguição que segue frenética rumo à comunidade.

_ Dirige! "vamo" chegar! Corre! Grita Sibite.

_ Se liga ae galera, "tamo" chegando e o tiro não acabou, passa um rádio pra quem tá lá e manda descer pra ajudar.

Os bandidos que estavam na comunidade descem e fazem um verdadeiro paredão próximo ao morro, mas a polícia não ficou atrás e mobilizou um grande número de policiais de diversos batalhões e todos rumavam para o mesmo lugar: a comunidade do Sibite. O cenário criado parecia uma guerra civil armada em pleno Rio de Janeiro, os carros atiravam contra a van que revidava com êxito. E eis que chegam ao pé do morro, e se deparam com um verdadeiro exército esperando para dar cobertura aos fugitivos.

_ Seguinte galera, é descer e se juntar aos meninos lá. Quero ver quem vai ser o corajoso de enfrentar nosso povo aqui. Comemora Sibite já sabendo que o plano deu certo.

Gritos de felicidade são ouvidos juntos com os tiros direcionados aos policiais.

_vamo" lá" tá na hora! Descendo e correndo! Gritou Godzilla.

O carro que trazia os bandidos para e seus ocupantes saem correndo para se juntar aos demais e outro imprevisto acontece mudando parte do plano dos bandidos. O tiroteio fica mais intenso visto que o número de policiais aumenta, e nessa intensidade ao correr Sibite é atingido na perna para desespero de Pietra.

_ Não! Não! Sibite!! Grita já em prantos Pietra.

_ Levem a Princesinha daqui; você e você me ajudem com o chefe. Godzilla deu a ordem e em parte foi atendida porque Pietra não queria sair e novamente ser separada de seu amado.

_ Não vou a lugar nenhum sem ele, Sibite! Eu vou ficar com você.

_ Maluquinha, vai, faz o que o Godzilla disse. Eu só não consigo andar sozinho mas estou bem. Corre e se abriga, daqui a pouco estou com você. Lembra que eu sempre volto! Disse ele segurando as mãos da moça que já derramava lágrimas, e entregando a ela o cordão com o cifrão despediu-se de Pietra.

_ Leva a Princesinha daqui!! Gritou Godzilla amparando Sibite em meio ao intenso tiroteio.

Policiais atingidos, bandidos feridos e alguns mortos, mas o objetivo foi alcançado, pois Sibite estava resgatado mesmo que ainda não estivesse a salvo. Pietra nervosa chega até a casa de Sibite e um dos bandidos que estava com ela tenta acalmar.

_Fica assim não dona Princesinha, o chefe já foi atingido antes e saiu de boa. Não vai ser diferente agora, ele é forte! Ele é o Toninho Sibite.

_ Tomara, quero mesmo que você esteja certo. Sabe dizer pra onde levaram ele? Perguntou Pietra.

_ Tem um "parça" aqui perto que ajuda quando alguém daqui leva tiro. Fica calma, aqui a senhora tá segura porque "os cana" não sobe aqui. Daqui a pouco o chefe tá na área.

Mas nada conseguiria acalmar Pietra naquela situação, seus nervos tremiam e ela só pensava em ter alguma notícia que pudesse tranquilizar. De repente, o rádio que ela ainda levava na bolsa toca e de pronto ela o atende.

_ Princesinha, se liga no papo. Era a voz de Godzilla.

_ Como ele está? Não me esconde nada!

_ Bala foi retirada e ele agora dorme, fica de "boa" aí. Troca de roupa, os meninos vão te levar algo pra comer. Conseguimos!

_ Que boa notícia! Obrigada!

_ Que nada Princesinha, "vamo" ficar escondido agora, você não terá como sair daí agora e nem tão cedo. Sossega aí um pouco, não vai te faltar nada.

Pietra se deu conta que era uma fugitiva e que teria que arrumar uma desculpa em casa, seu telefone logo iria tocar e ela não tinha nada para dizer em casa, nada justificaria a ausência dela por tantas horas e quiçá dias.

Através de uma mensagem Pietra avisa a Vitorino que não vai ter como chegar em casa e inventa uma desculpa sobre o trabalho e pede para que ele avise a sua mãe. Com isso ela espera ganhar um tempo já que não tinha pensado nisso, aliás, em momento algum do plano de fuga previram a perseguição que houve. Na mente deles a fuga seria simplesmente tirar Sibite da delegacia e leva-lo de volta ao morro, mas não foi isso que aconteceu e agora Pietra estava sozinha na mansão do traficante e sem a menor ideia do que fazer pra voltar ao seu lar.

_ Bom, já que estou aqui sozinha vou me trocar e voltar a ter roupas mais parecidas com as que eu visto.

Pietra vai em busca de toalhas para tomar um banho e comer algo; saber que seu amado estava fora de perigo e que a polícia não conseguiria subir o morro a deixavam mais calma e com essa aparente tranquilidade era hora de trocar de roupa.

De banho tomado ela pede a um dos bandidos que estava de segurança na porta que providencie algo para ela comer, ela tinha ciência que um pedido dela era como ordem para todos dali por conta de seu relacionamento com Sibite então de pronto o rapaz passa um rádio e acena com a cabeça em sinal de positivo para Pietra, deu a entender que seu pedido será atendido.

Pietra começa andar pela enorme casa de seu amado, muitos cômodos estavam vazios e outros tinham apenas caixas, cadernos, livros com anotações estranhas; Pietra ria andando pela casa até que achou uma porta fechada que ao abrir dava acesso a uma

172

escada rumo a um porão. Nunca tinha visto aquela porta, nunca havia sabido da existência de um porão naquele lugar e isso aguçou a curiosidade de Pietra.

_ Sozinha numa casa desconhecida, quem no meu lugar não entraria nessa porta aqui? Ahh ninguém deixaria essa chance passar. Lá vou eu.

Pietra abre a porta e começa a trilhar a escadaria que a leva para baixo; consegue achar um interruptor e acende a luz, era um deposito. Caixas de diversos tamanhos, um maquinário que ela não tinha ideia para que servia, alguns carros em pedaços era o que ela pôde ver logo que a luz foi acessa. Após descer a escada Pietra começa lentamente a levantar os panos que cobrem os pedaços de carros, abrir as caixas e olhar aos risos o acervo de bugigangas que seu amado guardava ali.

De repente, Pietra viu algo que gelou seu corpo. Uma imagem que veio a sua mente trazendo dores que ela pensava que jamais fosse sentir novamente. Andando lentamente, quase que incrédula, ela vê ao fundo do depósito uma motocicleta cromada parcialmente coberta e teme em tocar nela; Pietra caminha lentamente até chegar na moto, retira o restante da cobertura e vê o que nunca pensou ser possível! A moto cromada trazia a inscrição **_BURNED FROM BELOW,_** exatamente a mesma da moto em que estava o assassino de seu pai; seria a mesma? Qual a chance de existir outra igual?

Pietra cai diante daquela moto e começa a chorar...

_ Meu Deus, como eu não pensei nisso antes **_BURNED FROM BELOW_** significa queimado por baixo... Sibite... ahh não, Deus não! Ele matou meu pai! Foi ele! Meu Deus! Como eu não vi! O nome dele e a inscrição da moto! Deus...

E chorando copiosamente ficou deitada naquele chão imundo de poeira lamentava amar o provável assassino de seu pai. Por alguns momentos ali sozinha, Pietra lembrava de toda dor que sua família passou depois que seu pai foi morto, ela revia em sua mente a dor e toda luta que sua mãe passou para criar a ela e seu irmão, as noites de choro que Antonella passou e tudo isso tinha agora um culpado, seu amado Toninho Sibite.

_ Deve ser outro, essa moto não pode ser dele! Isso, isso mesmo, a moto está aqui mas não é dele. Vou saber disso e tudo vai se esclarecer.

Pietra se levanta, limpa um pouco do seu rosto tirando as lágrimas e sobe as escadas depressa. Chegando na parte habitável da mansão de Sibite vai direto aos seguranças que estavam na parte de fora e de modo afoito pergunta:

_ Você, vem aqui. Aquela moto cromada que está lá embaixo pertence a quem?

_ A princesinha foi lá embaixo? O chefe nunca deixa ninguém entrar naquela sala, se eu fosse a senhora não deixava ele saber que "tu teve" lá.

_ Não foi isso que perguntei; responde, de quem é a moto?

_ É do chefe. Ele ama aquela moto mas nunca mais usou.

_ E por qual motivo?

_ Ah deu uma treta aí num lance que ele foi fazer e aposentou a moto. Teve uma época que ele até usava aqui no morro mas depois parou de vez.

_ E quanto tempo tem essa tal treta aí? Alguém mais usava a moto além dele?

_ Tem muito tempo, muito tempo mesmo. Ele nem era o "frente" aqui do morro ainda, era garotão. E nunca alguém além do chefe usou a moto, tá doida? Ele mata quem pensar nisso.

Sem qualquer agradecimento ou despedida, Pietra fecha a porta e voltando para a sala de estar queda-se ao chão e volta a chorar exacerbadamente, pois agora não havia mais nenhuma dúvida, Sibite era o assassino de seu pai. Na cabeça de Pietra além de toda dor pela descoberta, estavam também as dúvidas em como reagir com Sibite; jamais passou em sua mente a remota ideia de estar amando o algoz de seu pai. A noite seria mais longa que o normal e o choro que já estava além da conta tendia a ficar incontrolável por causa desse momento de uma dor nunca antes sentida por Pietra.

O telefone celular de Pietra tocava e ela não tinha a menor condição de atender sua mãe naquele momento então deixou tocar e assim que parou mandou uma mensagem com palavras sem o menor sentido e apenas deixando claro que não podia atender e que estava bem. Mentir nunca foi uma opção de Pietra e ainda mais para sua mãe, porém, ela achou melhor do que atender aos prantos e contar tudo que ela havia acabando de descobrir.

Em meandros da madrugada, Godzilla entra na mansão e encontra Pietra acordada e ainda aos prantos.

_ O que "tá pegando" princesinha?

_ Nada. Responde Pietra limpando as lágrimas e pondo-se de pé.

_ "Tu tá" chorando e me fala que não tem nada, tá bom. Manda o papo, o que foi?

_ Eu entrei naquela sala lá de baixo. Eu não sabia que Sibite não gostava e saí entrando. Lá tem uma motocicleta, ela é dele né?

_ É. Tudo lá embaixo é do chefe e por isso que ele odeia que entrem naquela sala; mas qual o problema da moto?

_ Aquela moto foi usada pela pessoa que deu um tiro na cabeça do meu pai.

_ Nada disso, aquela moto não sai de lá tem um tempo grande. Argumenta o bandido Godzilla.

_ Eu sei, mas a morte do meu pai não foi agora; tem bastante tempo e pelo que soube, somente Sibite que usava aquela moto então...

_ É princesinha, ele era o único que usava aquela moto. Espera ele voltar, não fica nessa neura sem antes falar com ele.

Pietra balança a cabeça em sinal de positivo e volta a chorar, dessa vez, sentada no sofá.

_ Olha, eu vim aqui dizer que o chefe tá bem e vamos tentar trazer ele pra casa amanhã cedo. Os "vermes" ainda estão lá embaixo só que aqui eles não sobem e onde o chefe tá não tem como ninguém chegar. Não vai ser fácil, mas vamos trazer o chefe para cá.

Dizendo isso, ele sai deixando Pietra inundada em lágrimas e com a cabeça cheia de pensamentos que só aumentam mais a sua dor. Pietra sentada no sofá da sala pega seu celular, o pensamento era ligar para sua mãe e contar tudo que estava acontecendo com ela já a meses, mas ela simplesmente não consegue. Então, dedilha a lista de contatos de cima para baixo e de baixo para cima por várias vezes até que define para quem ligar...

_ Alô Pietra, aconteceu algo com o Vitorino?

_ Não Rita, não é por ele que estou ligando. Desculpa pela hora, eu não sabia mais o que fazer e nem pra quem ligar. Preciso de ajuda, você me parece uma pessoa centrada e sempre fala coisas que trazem paz e acho que é isso que preciso agora. Pode me ajudar? Pode me ouvir?

Passava das 4 horas da madrugada quando essa insólita ligação aconteceu, Rita não tinha como entender visto que nunca recebera uma ligação de Pietra tão tarde, e o tom de voz dela não deixava duvida que o assunto não era agradável.

_ Posso, posso sim. Fica calma e me conta o que aconteceu. Disse Rita enquanto sentava em sua cama e acendia a luz de seu quarto.

_ Minha vida está uma droga. Eu não sei o que fiz dela e como deixei chegar nesse ponto. O que eu vou te contar agora ninguém sabe e te peço que continue assim.

_ Claro Pietra, pode confiar.

_ Nesse momento eu estou na casa de um traficante que eu ajudei a fugir da delegacia, ele é o homem que amo e acabei de descobrir que é o assassino de meu pai.

_ Perai, como você disse? Volta e me fala novamente. Você ajudou um bandido a fugir da delegacia e você ama esse homem, Pietra fala de novo, por favor.

E assim Pietra conta toda história dos seus últimos meses, como perdeu a virgindade e como passou a ser a princesinha do Sibite na comunidade; relatou todos os acontecimentos que antecederam a fuga e que a levaram descobrir sobre o assassinato de seu pai. A cabeça de Pietra estava a mil e Rita ouviu tudo com muita atenção. Rita tinha naquele momento a expressão de susto por ver uma jovem com um futuro promissor ser afundada em um submundo.

_ É isso Rita, acho que vou acabar com minha vida. Só tem esse jeito, pra viver assim é melhor a morte.

_ Não, você não vai fazer isso. Escuta o que tenho a te dizer. Foi pra isso que me ligou, certo?

_ Foi sim. Responde Pietra aos prantos.

_ Quero que você entenda uma coisa, na bíblia diz assim: *"Tão certo como eu vivo, diz o Senhor Deus, não tenho prazer na morte do perverso, mas em que o perverso se converta do seu caminho e viva"* **(Ezequiel 33:11)** Sendo assim amiga, não podemos deixar esse pensamento de morte ficar na sua mente. Se o próprio Deus disse que não tem prazer na morte de ninguém como podemos aceitar esse desejo de dar fim a própria vida? Não tem lógica nenhuma isso! Negar que Cristo foi pra cruz a fim de nos dar vida só vai piorar as coisas e muita gente sofre hoje por desprezar esse ato de amor. Veja que nem mesmo você sabe como deixou chegar nesse ponto, é algo tão surreal que você se perdeu em um mundo que não é o seu! Que não é pra você! Deus deu seu filho para que todos possam ter vida uma vez que creiam de verdade nele, acho que já está na sua hora de mudar a vida que tem levado para a vida que realmente quer levar.

_ Eu não sei como posso fazer isso, aliás, nem sei se tenho forças para isso. Lamenta Pietra ainda em lágrimas.

_ Pode sim, ainda temos tempo. *"Deus amou o mundo de tal maneira que deu o Seu filho único, para que todo o que nele crê não sofra, mas tenha a vida eterna"* **(João 3:16)** isso quer dizer que a morte de Jesus na cruz foi pra trazer vida... Trazer vida pra você Pietra. Eu sei que nos últimos meses você fez tudo que veio na sua mente e viveu de forma inconsequente esse amor impossível mas, olha o resultado disso; todas as nossas ações geram consequências e somos nós que pagamos as contas dessas ações, não se culpe e nem se martirize porque a culpa não é sua. A falta de Deus em sua vida que levou você a agir assim, pondo seu desejo acima do que realmente seria o correto a fazer. Vitorino sempre falava de você como sendo uma jovem sonhadora e muito apaixonada pela vida, Deus te quer assim e está na hora de você voltar a ser assim; você tem sonhos Pietra e precisa correr atrás deles! Olha para você agora, onde está a jovem que pensava em ser médica?

_ Tá morta dentro de mim Rita. A resposta de Pietra vem acompanhada de mais choro.

_ Não, morta ela não está. Ela só está escondida embaixo de tantos problemas e você sabe disso, ela está abafada dentro de você achando que não tem mais jeito pra ela, porém, eu sei que não é o fim dela. Se teve jeito pra mim, também tem pra você! Deus me resgatou da lama Pietra e me fez uma nova pessoa, e o mesmo vai acontecer com você caso queira realmente mudar de vida. As pessoas sofrem e colocam a culpa em Deus dizendo que Ele as abandonou, mas não é assim; Deus deu o poder de decisão ao ser humano então se a pessoa não deixar, não permitir, nada Ele poderá fazer. Vamos mudar isso amiga! Olha, sai daí agora e vem pra cá, vem pra minha casa.

_ Não posso. Como te falei, ajudei o Sibite a sair da delegacia e agora a comunidade está totalmente cercada de policiais se eu sair, serei presa.

_ Menina, há uma luz no final do túnel. Posso orar por você agora? Quer entregar sua vida para Cristo nesse momento? Eu sei que isso vai precisar de uma ação de renúncia, você vai precisar ser forte em largar tudo que está acontecendo na sua vida e que só tem trazido dor pra você. De novo, olha bem pra dentro de você e responda pra si mesmo se é essa a vida que quer levar.

_ Não mesmo. Não quero mais sofrer, mas amo esse homem. O que faço?

_ Isso não é amor Pietra, amor não traz dor. Essa paixão que você sente é por conta de tudo de diferente que ele representa pra você. Toda novidade que você está vivendo, esse falso poder que te deram aí na comunidade, isso fascina, mas é ilusão pura. Pietra, você precisa decidir por Cristo e largar tudo. Eu já te contei parte da minha vida, já te disse tudo que vivi e o quanto foi dolorosa a minha vida antes de colocar Jesus em primeiro lugar; quem me vê agora nem consegue acreditar que minha história é verdadeira. Existem muitas pessoas sofrendo até mais que você e não se dão conta que o sacrifício de Jesus na cruz foi justamente para que hoje todos possam ter vida, Ele com Sua morte nos deu acesso ao Pai, olha que fabuloso! Podemos falar direto com Deus sem depender de nada. Você pode mudar sua vida agora, basta aceitar o convite que estou te fazendo.

_ Rita, meu irmão tem muita sorte em ter achado você sabia? Vou fazer isso que está me falando, mas não pode ser agora. Nesse momento eu preciso arrumar forças pra saber de Sibite por qual motivo ele matou meu pai.

_ Pietra, ele matou seu pai por ser um bandido num assalto e seu pai um dos policiais que queriam prender todo o bando, só isso. Saí daí, vem aqui pra casa.

_ Ainda não, obrigado pela ajuda eu me sinto melhor com suas palavras. Valeu mesmo!

_ Tem certeza que quer ficar aí?

_ Sim, vou ficar pelo menos até tudo acalmar lá fora.

Pietra pega o controle da TV e liga, o canal mostrava uma reportagem sobre a fuga da delegacia e a foto da ruiva cúmplice estava sendo exibida juntamente com todos os bandidos que fugiram.

_ Ai meu Deus! Rita liga a TV agora! Exclamou Pietra.

Rita ligou e passou a acompanhar o noticiário. Ficou boquiaberta com tudo que foi dito e nos relatos do delegado com os detalhes da fuga.

_ Pietra, aquela ruiva é você?

_ Sim, respondeu com choro.

_ Vamos torcer pra dona Antonella não ver nenhuma dessas notícias porque quem te conhece consegue ver que é você. Sinto muito amiga, sinto muito mesmo. Seu disfarce não ficou bom.

_ Preciso desligar agora, agradeço pela ajuda. Vou fazer o que você disse sobre Cristo, mas antes eu tenho algo a resolver por aqui. Assim que der te ligo. Obrigada Rita.

E sem deixar que Rita dissesse algo, Pietra desliga e volta sua atenção para a TV. O noticiário diz sobre a ruiva cúmplice que invadiu a delegacia com mais alguns homens e libertaram os presos, estampava o retrato falado de todos com o letreiro procurado embaixo. Seria um dia importante para a família Panacera por conta do exame de Vitorino, mas era inegável que a cabeça de Pietra estava a prêmio em todos os telejornais.

Amanhece e nenhum sinal de Sibite, Godzilla ou qualquer notícia deles. Batidas na porta anunciam o café da manhã de Pietra trazido por um dos soldados do tráfico.

_ Como estão as coisas lá fora? Pergunta Pietra.

_ Tá calmo, os "vermes" estão saindo de pouquinho e daqui uns tempos volta ao normal.

O rapaz deixa a comida e sai, Pietra volta a ligar a TV enquanto seu telefone toca... Era sua mãe.

_ Oi mãe. Leu a mensagem que mandei?

_ Filha, onde você está? Não veio pra casa e só disse que estava no trabalho.

_ Mãe, não deu pra sair porque teve uns problemas aqui, ficamos sem condições de ir embora. Eu tô bem, não se preocupa. Vou encontrar vocês lá na clínica, não se preocupa que eu tô bem.

_ Filha sua voz tá estranha, você tem certeza que está tudo bem?

_ Sim mãe, tá tudo bem. Te vejo mais tarde na clínica.

Sem muita demora, Pietra desliga e se põe a chorar lembrando que agora ela sabe quem matou seu pai, chama o motoqueiro para tira-la dali mesmo sem o retorno de Sibite e correndo risco de ser presa, para a clínica onde seu irmão realizará exames.

A imagem da ruiva e os bandidos invasores percorre todas as mídias de informações, todos agora são procurados e uma recompensa é oferecida por todos eles. Na cidade não se fala de outra coisa e o retrato falado da ruiva chega na clínica onde Pietra trabalha e foi inevitável que sua amiga reconhecesse por todas as informações de vestimentas e detalhes que ela sabia serem de Pietra. Achava ela que seria algo para o namorado, mas agora sabia da verdade: sua colega de trabalho era uma fugitiva. Entregar essa informação para a polícia ou se manter em silêncio?

Chega a hora de levar Vitorino para fazer o exame que pode diagnosticar sua doença. Antonella acompanha seu filho e ambos têm uma certa ansiedade em saber se Pietra vem ou não.

Chegando na clínica Antonella e Vitorino são recebidos pelo médico que os atendera na última vez que lá estiveram e com semblante de preocupação já encaminha o rapaz para o preparatório. A tensão de todos é nítida, afinal, o exame pode explicar os motivos das dores e sintomas inexplicáveis que Vitorino sente desde criança.

_ Vamos lá rapaz, iremos fazer com você dois exames. A suspeita que temos com todos os sintomas que você relatou nos levam a especificar um hemograma e um mielograma como eficazes na descoberta ou confirmação da doença. Como disse na última vez que o vi, tomara que eu e minha equipe estejamos errados em nossa suspeita.

_ Hemograma tudo bem, eu já sei como funciona, mas esse outro aí é o que? Pergunta Vitorino ao médico.

_ Humm certo, o mielograma é uma biópsia de medula óssea. Vamos sedar você para poder retirar uma amostra de sua medula, você vai ficar desacordado por algumas horas tanto para a retirada como depois para repouso. Eu prefiro que repouse aqui, após o exame é comum sentir dores então gosto de acompanhar esse processo também. Fique calmo, vamos descobrir o que você tem.

A afirmação segura do médico deixa Antonella e seu filho mais seguros e quando o rapaz já ia caminhando para o preparo dos exames, chega Rita na clínica e já se depara com Antonella.

_ O que você está fazendo aqui mocinha? Eu já te disse que não quero você perto da minha família e muito mais do meu filho.

_ Disse sim dona Antonella mas, como não me deu um motivo plausível pra isso eu vou continuar sim falando com seus filhos e tentando ajudar no que eu puder, com licença. E saindo da frente de Antonella, Rita vai ao encontro de Vitorino que já estava prestes a entrar na sala de preparo.

_ Vitorino, eu vou estar aqui até tudo acabar. Estou de folga no trabalho e vou esperar você sair. Já sabe o que vão fazer com você?

_ Já Sim. Que bom você ter vindo, eu estava preocupado com sua ausência. O seu Deus existe mesmo, você tá perto eu tenho paz.

_ Falando nisso, o mocinho me deve uma visita na igreja esqueceu? Disse Rita rindo enquanto segurava as mãos de Vitorino.

_ Não esqueci, assim que sairmos dessa fase de exames você pode me levar.

_ Combinado!

Assim eles se despedem e Vitorino segue para a sala de preparo; Rita e dona Antonella permaneceriam ali juntas aguardando o findar dos exames. E o clima tenso entre as duas fica nítido no mórbido silêncio que permeia entre a sala de espera.

_ Você disse que está esperando uma pessoa certa pra poder namorar e por isso usa essa pulseira aí, não é? Pergunta Antonella com tom de deboche.

_ Sim dona Antonella, questão de fé.

_ E vai ficar enrolando meu filho até quando? Vocês não podem ter nada! Você não é pra ele! Entenda que eu não quero você com ele e nem perto de minha família, você consegue entender isso menina?

_ Entendo sim, se me der um motivo para isso. A senhora tem?

Calada, Antonella olha para Rita sem a menor reação ao questionamento feito e o assunto muda de foco com a chegada de Pietra; ela conseguiu sair da comunidade e mesmo com muito medo veio até seus familiares.

_ Mãe, Rita, onde está o Vitorino?

_ Filha, como você está? Seu rosto está tão triste, abatido...

_ Oi Pietra, ele está fazendo dois exames agora e vai ficar desacordado por algumas horas e depois poderá ir pra casa. Explica Rita.

_ E o resultado dos exames, alguma posição? Pergunta Pietra sem conseguir encarar Rita.

_ Olha, pelo que sei o resultado de uma biopsia demora cerca de quinze dias então vamos ter que esperar. Argumentou Rita.

_ Filha, me conta o que está acontecendo com você. Tenho te notado estranha ultimamente, dormindo fora de casa e sempre sem respostas. Se estiver acontecendo algo você pode confiar em mim, lembre sempre que sou sua mãe. Você está com algum namoradinho por aí? Pode me contar sem problemas.

_ Não há nada pra falar mãe, eu estou bem e só preocupada com o Vitorino. Se liga! E no trabalho, eu tenho muitas horas pra pagar só isso.

A TV ligada interrompeu a programação para mais uma vez mostrar as fotos dos procurados pela fuga em massa na delegacia, Rita e Pietra mudam de cor ao ver os rostos; Antonella olha, maneia a cabeça e nada comenta; parece mesmo não ter notado nenhuma semelhança entre a ruiva e sua filha.

_ Pietra, precisamos conversar. Diz Rita.

_ Eu sei disso. Agora não vai dar, mas sei do nosso acerto.

Antes mesmo que Rita pudesse dizer algo, o celular de Pietra toca e proporciona mais um momento de fuga. Ao atender, Pietra tem que assimilar um golpe pesado demais.

_ Alô, Pietra?

_ Oi, quem é?

_ Amiga, não se lembra da voz daquela que emprestou as roupas para que você tirasse seus amigos bandidos da delegacia? Poucos vão saber mas, como eu te vesti de prostituta sei bem que é você a procurada, acabei de ver seu rosto na TV.

_ Não é assim, fiz por amor. O que quer com essa ligação?

_ Por amor? Ahh essa é boa, você está sendo procurada junto com seus amigos e agora eu quero grana pra ficar calada! Muita grana entendeu?

_ Pois bem. Amanhã vou ao trabalho e nos falamos lá. Disse Pietra com tom de voz doce, porém um semblante frio e bem sisudo.

_ Feito. Estarei esperando você, bandida.

Pietra desliga, vira para Rita e nada fala. O rosto fechado mostra que a ligação não foi boa e nem assim Rita ousou perguntar nada.

_ Aonde vai Pietra? Pergunta Antonella.

_ Ao trabalho, preciso resolver um problema lá mas, assim que der ligo pra saber do mano. E vocês duas, vejam se não briguem, pois o mano vai precisar muito das duas juntas. Façam isso por ele.

Saindo da clínica Pietra parte para seu trabalho a fim de acertar suas contas com a amiga que agora ameaça entrega-la a polícia. O pensamento voa longe por conta de tantos assuntos que estão por serem resolvidos; ela tem a volta de Sibite, o assassinato de seu pai e a saúde de seu irmão. Como resolver tudo isso faz a mente de Pietra girar numa velocidade assombrosa.

O trajeto entre a clínica e o trabalho foi feito a pé e demorou mais do que o normal, como a amiga só esperava por Pietra no dia seguinte o caminho serviu para que Pietra decidisse o que faria para resolver a chantagem que estava prestes a sofrer. Os pensamentos oscilavam entre arrumar dinheiro, e até mesmo dar um fim na chantagista. Pietra nem de longe lembrava a mocinha inocente que as pessoas costumavam ver.

Pietra chega ao seu trabalho e todas as funcionárias olham para ela com semblante de espanto, na cabeça de Pietra só vem a ideia de que todas já sabem de seu envolvimento com a fuga, mas para sua sorte não era isso. Assim que entra em seu setor, recebe o recado de que deveria comparecer ao RH para tratar de alguns assuntos; ela sabe que suas faltas, atrasos e saídas sem explicação fora de hora não ficariam impunes e vai ao setor tendo clara noção do que se trata.

Após assinar sua demissão, Pietra volta a sua mesa e começa recolher seus pertences como se nada tivesse acontecido e eis que chega a amiga que a ajudou na fuga.

_ Oi amiga, que pena você estar sendo desligada da empresa, temos tanto pra conversar.

_ Não há de ser nada, arrumo outro emprego. O que tanto você tem pra conversar comigo? Trabalhamos aqui já tem anos e nunca vi tanto interesse em conversar.

_ É que antes eu não sabia que você era uma bandida, fugitiva e procurada pela polícia. Sussurra a amiga de trabalho, e continua seu discurso chantagista.

_ De você agora eu quero saber como vou receber o dinheiro pra ficar calada, eu quero cem mil reais entendeu?

_ Tudo isso? Tá maluca? Espanta-se Pietra com o pedido feito.

_ Estão oferecendo cinquenta mil pela cabeça do seu bando, então, você deve valer esses cem mil pra ficar livre. Liga para os seus amigos bandidos e pede o dinheiro, se você está transando com eles é o mínimo que eles devem fazer. Ajudar você e a eles também já que se prenderem você, vão te torturar até que você diga onde achar o resto do bando. Tá frita amiga... O comentário carregado de deboche aumenta a raiva de Pietra que ameaça a dar um tapa na cara da chantagista.

_ Eu não faria isso se fosse você.

_ Ok. Não vou sujar minhas mãos com você. Antes de qualquer acerto me deixa te falar umas coisas. Presta bem atenção pra eu não precisar repetir. Vamos lá pra fora.

As duas caminham para o lado de fora da clínica e Pietra segura fortemente os braços da amiga puxando o seu corpo, e com um tom de voz extremo de ameaça começa a falar.

_ Você viu com quem eu estou andando, não é? Viu que fui capaz de fazer para tirar o povo da delegacia, né? Você sabe quem são eles? Sabe o que eles fazem por aí? Pois bem, a verdadeira prostituta que ia naquela noite está desaparecida até hoje! Ninguém tem ideia do que foi feito com ela, e se eu fosse você, olhava para os dois lados da rua vinte vezes antes de atravessar.

_ Tá me ameaçando bandida?

_ Não! Estou te avisando o que vai acontecer com você hoje à noite.

_ Vai ser presa bandidinha! Vou deixar uma carta avisando que se eu morrer foi por culpa sua!

_ Pode deixar, vou presa mas você não receberá um centavo meu... E ai? Vai pagar pra ver? Comporte-se e você vive. E dando um beijo na testa da amiga chantagista, Pietra sai levando seus pertences e exibindo um largo sorriso. E toca o celular...

_ Alô, quem é?

_ Maluquinha, onde você está? Tô na área.

As pernas de Pietra tremem de uma forma fora do comum, seu corpo parece petrificar e quase som algum sai de seus lábios. Era o assassino de seu pai, era o amor de sua vida, era Sibite.

_ Oi, estou na clínica, fui demitida. Onde você está?

_ Já estou em casa. Vem pra cá, você não pode ficar de bobeira pela rua.

_ Eu sei, estamos na TV toda hora mas, eu tive que ver meu irmão que está doente. Eu vou voltar pra comunidade daqui a pouco.

_ Tá, tô te esperando.

E desligando Pietra cai em prantos sentada na praça, voltam os pensamentos de que seu amor é também o responsável pela maior dor de sua família. Ela simplesmente não sabe o que fazer e nem pra onde deve ir naquele momento.

Os exames de Vitorino acabaram e agora o rapaz está num quarto repousando, momento propício para que Antonella e Rita tirem suas diferenças.

_ Você disse que se chama Rita Salvatore, correto?

_ Isso, sou Rita Maximo Salvatore. Conhece minha família dona Antonella? Afinal também sou descendente de italianos.

_ Salvatore... Eu só queria te pedir que sumisse da vida de meus filhos, quero mesmo que você esqueça que nos conheceu e desapareça. Você não faz ideia garota do mal que pode trazer a minha casa.

_ Eu amo seu filho dona Antonella...

E com um longo suspiro, Rita repete a frase.

_ Eu amo o Vitorino. Só preciso que ele tenha a mesma fé e sentimento que eu.

_ Nunca mais diga isso sua devassa! Ele não é pra você assim como você nunca poderá ser dele!

A voz de Antonella pôde ser ouvida por todo o corredor da clínica tamanho foi o grito, as lágrimas vieram ao seu rosto e ela sai em disparada seguindo a direção da porta principal. O médico, que vinha trazer notícias do exame de Vitorino a ampara fazendo com que ela volte ao quarto de repouso onde ambos encontram Rita aos prantos.

_ Aconteceu algo com as senhoras? Pergunta o médico.

_ Não, responde Rita enxugando as lágrimas.

_ O senhor já tem uma posição sobre a saúde de meu filho doutor?

_ Não, as nossas suspeitas estão bem grandes mas, o resultado do exame sai daqui a quinze dias. Como eu tenho muita pressa pela desconfiança da minha equipe já pedi pressa no resultado então daqui a três dias ele deve voltar aqui para saber o resultado. Peguem na recepção e tragam para mim imediatamente.

_ O senhor acha que é grave? Antonella pergunta já chorando novamente.

_ Dona Antonella, todos os sintomas apontam para uma doença rara e fácil de ser tratada. Tudo vai depender do quão intenso é o caso do Vitorino. Entenda, tudo vai acabar bem, vamos fazer tudo para que o rapaz tenha sucesso. Esperem o rapaz acordar e podem ir. Vejo vocês em três dias.

_ Você ouviu o médico, pode ir e no seu caso, não volte. Diz Antonella com olhar de ódio.

_ Vou sim, vou andar e comprar algumas coisas para ele. Quanto a não voltar, lamento dizer que a senhora voltará sim a me ver.

Saindo da clínica e não se permitindo chorar, Rita vai andando sem rumo tentando entender por qual razão estava sendo expulsa da vida de Vitorino. Seu coração alimentava um amor grande por aquele rapaz, mas a fé e crença que ela tinha faziam com que ela esperasse o momento certo para assumir aquele amor. Dentro dela, uma chama de incertezas vindas de Antonella davam mais ainda motivos para aguardar o momento certo para se entregar por inteira aquele sentimento que ardia dentro de seu coração.

Pietra volta a clínica e encontra sua mãe sentada chorando na recepção. As caixas em suas mãos assustaram Antonella que nem precisou perguntar nada.

_ É isso mesmo que a senhora está vendo, fui demitida. Como está o Vitorino?

_ Filha, o que aconteceu? Eu conheço você e sei que tem algo acontecendo contigo, você não é mais a mesma.

_ Deixa de onda mãe, sou a mesma sim. Emprego a gente arranja outro, me fala do Vitorino.

Então Antonella se levanta e começa a contar tudo que o médico disse acerca de Vitorino, por ter conhecimentos de saúde Pietra franze a testa deixando clara a sua preocupação com o possível diagnostico de seu irmão.

_ Ele já acordou? Pergunta Pietra.

_ Sim, está tomando banho e vamos para casa.

_ Olha, eu tenho que resolver uns assuntos meus e depois vou pra casa. Fica tranquila que vou estar bem.

_ Pietra, aonde você vai? Que assuntos são esses?

_ Relaxa mãe. Já disse que vou estar bem.

E dando um beijo em sua mãe, Pietra saí sem dar mais explicações; ela precisava encontrar com Sibite e ouvir que era tudo um engano e que ele não era o assassino de seu pai. O caminho para comunidade é longo e seus passos lentos o tornam ainda maior, até que ela decide ligar para que o motoqueiro visse buscá-la. Chegando em seu destino, Pietra respira fundo antes de entrar e nem mesmo ela sabia como seria sua reação.

_ Sibite, você está bem? E a perna?

_ Tô legal sim, a perna tá enfaixada, mas o "parça" disse que duas semanas basta pra ficar tudo bem aqui.

Deram um beijo longo seguindo de um abraço que levou Pietra as lágrimas.

_ Maluquinha, o que foi?

_ Nada, aliás, tem algo sim. Preciso devolver seu cordão, nem parece você sem ele.

_ Mas "tu não tá" chorando por causa do cordão, me fala o que tá havendo.

_ Eu tava sozinha aqui e comecei a andar pela casa. Entrei num porão que tem ali e vi...

Pietra é interrompida por um soco na mesa...

_ Você entrou onde?!

_ Eu não sabia o que tinha lá e nem sabia que você não gostava, calma deixa eu acabar, se eu soubesse a forma que eu sairia desse porão nem tinha entrado. Então, como eu disse, entrei lá e vi uma moto. É sua?

_ Claro, tudo que tá lá é meu.

_ Aquela moto... Aquela moto foi a do homem que matou meu pai. Nisso as lágrimas de Pietra tornam-se incontroláveis.

_ Que papo é esse? Aquela moto é minha e eu não matei seu pai, a não ser que...

_ A não ser que?

_ Caraca Maluqinha, eu não sabia... Teu pai era "cana", você me disse, mas como você sabe que era aquela moto?

_ A inscrição que tem nela. Você matou meu pai, você causou o maior sofrimento pra minha família. E agora? Como posso amar o assassino do meu pai?

_ Era ele ou eu, você consegue entender isso? O cara tava atirando "em nós" só tinha um jeito atirar de volta e foi o que eu fiz. Para de graça, já tem muitos anos que não uso aquela moto então já tem muitos anos que seu pai morreu.

_ Morreu não! Ele foi assassinado! Você o matou! Você!

_ E vai fazer o que? Me matar pra se vingar? Fala Sibite segurando com força os braços de Pietra.

_ Claro que não. Só não tenho como ficar aqui te olhando sabendo que você matou meu pai. Não vai dar.

_ E pretende ir pra onde? Já viu como está linda sua cara na TV? Somos procurados garota, até essa poeira abaixar "tu vai" ter que ficar aqui. Soltou a moça jogando-a no sofá e saiu mancando em direção a parte superior da mansão.

_ Preciso dar um rumo pra minha vida urgente. Eu não sou isso aqui, eu não sou essa pessoa aqui, mas como faço isso?

Pietra chorava encolhida sem saber como seria seu rumo após essa descoberta. Pensou em ligar novamente para Rita, mas hesitou e acabou por não ligar por já saber qual seria a recomendação de Rita: entregar sua vida a Deus.

Dias passam e os dois na mesma casa sem trocar duas palavras seguidas vivem como estranhos. Pietra não aparece em casa deixando preocupados mãe e irmão. Em ligações ela somente diz que está bem e resolvendo assuntos, mas sem entrar em detalhes de que assuntos se tratam. Rita é o porto seguro de Pietra e sempre que as duas conversam por telefone Rita tenta fazer Pietra entender que a vida dela só vai mudar quando decidir que chegou o momento e pôr Cristo dentro de seu coração. Pietra hesitante em fazer isso devido a tudo que, aparentemente, irá perder.

Decorrido os três dias do exame de Vitorino, é hora de ir pegar o resultado e em fim saber qual o diagnóstico. Vitorino e Antonella saem cedo de casa e são surpreendidos ao chegarem na clínica com a presença de Pietra que já os aguardava.

_ Filha, que saudade!

_ Oi mãe, está tudo bem. Fica calma, está tudo bem.

_ Pietra, por onde você anda? Estamos muito preocupados com você, sumiu assim sem dizer nada.

_ Estou bem Vitorino, não precisa ficar assim porque quando eu puder esclareço tudo. Vamos focar na sua saúde.

Pegaram o resultado na recepção e procuraram o médico como foram orientados, não ousaram abrir o exame mesmo que Pietra pudesse ter uma noção médica e explicar por alto o que o irmão tem. Ao encontrar o médico, passaram o resultado e juntos foram para o consultório decifrar o mistério.

_ Bom, vamos lá ver o que esse rapaz tem. Onde está a sua namorada? Pergunta o médico.

_ Ela não é namorada dele! Interrompe Antonella antes mesmo que Vitorino pudesse dizer alguma coisa.

_ Ah, desculpe, achei que fosse. Mas vamos ver o resultado.

Abriu, leu, ajeitou os óculos, suspirou fundo e começou a dizer o resultado.

_ Não vou enrolar até porque não temos tempo pra isso. O seu caso é grave rapaz. Você tem uma doença chamada aplasia medular, é uma rara doença hematológica caracterizada pela produção insuficiente de células sanguíneas na medula óssea, seus glóbulos vermelhos, glóbulos brancos e leucócitos não estão com uma quantidade satisfatória. Em termos populares, você tem uma anemia muito rara, e no seu caso, você teve sorte em não ter morrido do tempo que você sofre com esses sintomas.

_ Grave? Tem cura? Com lágrimas nos olhos, pergunta Vitorino.

_ Essa doença quando descoberta cedo basta fazer algumas transfusões de sangue, tomar algumas medicações e pronto, mas o seu caso já está gravíssimo devido ao tempo e vamos precisar de um transplante de medula óssea o mais rápido possível. O bom, é que temos sua mãe e irmã vivas que podem servir de doadores caso compatíveis.

Pietra abraça sua mãe que já está a face do desespero, afaga seus cabelos e tenta mostrar serenidade.

_ Pode acontecer de não sermos compatíveis doutor? Argumenta Antonella.

_ Sim, pode acontecer. Nesses casos, o laço familiar é muito forte e como vocês são duas as nossas chances são maiores, 25% de chances para cada uma. Vamos, vamos fazer o teste porque o tempo não é nosso amigo e a vida do Vitorino depende disso.

Levantaram e partiram ambas para a sala de análise no intuito de realizar os testes para saber a compatibilidade. O nervosismo toma conta de todos, Antonella não pronuncia uma palavra sequer, Pietra petrificada verte lágrimas esporádicas e Vitorino apenas pensa em Rita, sente uma necessidade grande de tê-la por perto, mas estranhamente ela não está lá.

Após os exames feitos o médico dispensa a família Panacera dizendo que ligará para eles estando prontos os resultados, e isso demorará alguns dias apenas.

_ Certo doutor, estamos confiando nesses 25% de chances que o senhor disse. Disse Vitorino apertando a mão de médico.

_ Vamos conseguir rapaz.

_ Mãe, eu tenho que...

_ Já sei, interrompe Antonella, você tem que ir resolver alguns assuntos que ninguém além de você sabe quais são. Só te peço para tomar cuidado e veja que agora mais do que nunca precisamos ficar juntos, seu irmão está precisando de todos nós.

Era hora de Pietra retornar a ser a fugitiva, a escondida e acima de tudo era o momento de acertar as contas com uma amiga chantagista. Diante desse cenário Pietra pega o telefone e liga para seu amado, e mesmo sem estarem totalmente bem em sua relação era a única pessoa que poderia ajudar. Ela conta para ele tudo que estava acontecendo com essa chantagista, e explica com detalhes o que disse a ela.

_ O que você quer que eu faça? Perguntou Sibite.

_ Um susto. Não mata, mas deixe um recado para que ela saiba que não pode mexer com a gente.

_ Vou mandar um recado legal pra ela saber que não pode mexer com a princesinha do Sibite. Fica de boa, ela não vai morrer. Me manda uma foto dela e pronto.

Acordo firmado, Pietra desliga e tenta voltar para a mansão de Sibite na comunidade, onde deveria permanecer escondida. Ela já não sentia mais tanto prazer em estar na companhia de Sibite, mas o único lugar que poderia deixá-la a salvo era junto dele. A fuga da delegacia era um grande mistério policial, todos sabiam quem eram os fugitivos, mas não faziam ideia de quem era a ruiva que os ajudou a fugir. As buscas continuavam e a recompensa aumentava gradativamente.

Já caía a tarde aproximando a noite quando Pietra conseguiu chegar na mansão de Sibite dentro dela uma sensação de dor e incertezas em ter que ficar diante do homem que assassinou seu pai, o amor que ela tinha por Sibite estava cada minuto menor e saber que sua mansão era o único lugar seguro trazia dor e sensação de incapacidade para Pietra.

_ Oi Maluquinha, eu tava preocupado com você. E como tá o seu irmão?

_ Nada bem, precisa de transplante e minha mãe e eu vamos ver se podemos doar pra ele. Como tá sua perna?

_ Tô legal, tenho um vídeo pra te mostrar. Vem ver.

O vídeo era a amiga chantagista amarrada sofrendo tortura psicológica; ela estava amarrada em uma cadeira com armas apontadas para sua cabeça, sendo obrigada a dizer que nunca falará nada sobre a fuga da delegacia. Os homens encapuzados desferiram alguns socos contra a moça deixando-a machucada e a voz dela repetia nervosamente que não falaria nada. Ao ver o vídeo, Pietra sorriu, agradeceu a Sibite e sussurrou que era menos um problema.

_ Não acho que essa mocinha vai querer nova visita do meu pessoal. Ela não vai mais incomodar você, fica calma.

_ Sei disso, estou vendo que o susto foi grande mesmo. Ela vai ficar na dela. Valeu.

E saindo da sala, foi para um dos quartos, mas logo foi seguida por Sibite que apontou para a cama, abriu seu zíper o ordenou:

_ Deita ali e tira sua roupa. Quero te usar.

Sem hesitar Pietra obedece sem a menor vontade de servir de mulher para ele, o assassino de seu pai, as lágrimas rolavam de rosto durante todo momento que Sibite possuía seu corpo. As dores de Pietra iam além de marcas em seu corpo, ultrapassavam seu âmago chegando ao íntimo de sua alma.

Capitulo 13 – Quando tudo desaba

Dias passam, Pietra escondida e longe de sua família, Vitorino e Antonella aguardando o resultado do exame e Rita cada dia mais apaixonada por Vitorino ainda que impedida de vê-lo por ordem de sua mãe. Antonella passa mais horas trancada dentro do velho carro da família agarrada ao envelope pardo amassado, parece ter recordações ou algum tipo de lembrança triste de seu esposo que a faz chorar por horas. Ao ser tirada de lá em algum momento por seu filho tenta esconder o envelope, tenta não mais deixar rolar as lágrimas, tenta ser outra pessoa, mas, nem sempre isso é possível.

_ Mãe, o resultado saiu. O médico não disse nada por telefone e só pediu pra eu ir lá amanhã.

_ Nada disso, estou farta dessa espera. Vamos agora!

_ Certo, mas preciso primeiro ligar pra Rita e ela terá que me levar em um lugar.

_ Ela de novo! Eu já não disse que não quero você com ela!

_ Mãe, eu te amo muito! E queria que a senhora prestasse mais atenção em mim. Veja se consegue notar como eu era e estou agora depois da Rita na minha vida. Mãe, a senhora lembra qual foi a última vez que eu saí pra pichar? Lembra a última vez que a senhora me viu chegar em casa bêbado? Fiz um esforço muito grande para largar um vício que eu tinha e tudo isso porque eu amo a Rita, acho que se esse Deus dela fez ela ser essa garota super legal ele pode fazer em mim também. E por ela eu tô disposto a tentar.

_ Não fala isso! Não pode! Você não pode amar aquela garota! Bom você ter mudado meu filho, mas ela nunca será a mulher ideal para você.

_ Tá bom, mas mesmo não concordando com a sua opinião vou ligar para ela e se tudo der certo ela irá com a gente.

Assim, Vitorino liga para Rita e a informa de tudo sobre o resultado do exame, pede a ela pra encontrar com ela na praça o que causa estranheza em Rita, mas mesmo assim ela concorda. Sem que pudesse ser notada, Antonella liga para Pietra e pede que ela esteja na clínica e de pronto a filha concorda, sendo assim, toda família Panacera estará lá para saber o resultado.

Chegando na praça, Vitorino e Antonella se deparam com Rita e o rapaz vai logo falando o que deseja da jovem e curiosa Rita:

_ Rita, lembra que fiquei de ir com você em lugar? Você me intimou a ir com você, lembra?

_ Sim, eu lembro.

_ Então, tem que ser agora. Vamos, me leva agora antes de irmos pegar esse bendito resultado.

_ Vamos sim, fica aqui perto.

Antonella não entende de que eles falavam e nem teceu nenhum comentário simplesmente indo junto.

_ Chegamos. O que você quer fazer aqui? Perguntou Rita.

_ Quero falar com o padre, o pastor, o reverendo... sei lá, quem pode me ouvir aqui?

_ Entendi, o missionário pode falar com você, vou chama-lo. Responde Rita aos risos.

Quando o missionário veio até eles, Vitorino se apresentou e pediu para conversar com ele em particular então, foram para um espaço separado do templo e Vitorino começou a contar toda sua história de vida. Falou sobre seu amor por Rita, a doença, todos os atos de rebeldia que cometeu e sobre a saudade do pai.

_ Rapaz, você precisa entender que Deus te ama e aceita você da forma que está. Ele não te quer perfeito, Ele te quer! Ele te ama tanto a ponto de ter dado seu único filho por amor a cada um de nós, e isso inclui você. O jeito que você está não importa desde que queira uma verdadeira mudança de vida. É lindo o amor que você tem pela Rita mas, o seu amor por Deus vai precisar ser maior que isso. Você tem sim muitos problemas, e Deus tem todo o poder pra resolver isso. Vá com calma e paz nessa clínica agora, e saiba que se você se entregar de verdade para Deus os seus problemas serão solucionados e você terá paz em Cristo.

_ Eu creio. Disse o jovem enquanto enxugava as lágrimas que rolavam por seu rosto.

Saindo do templo, Rita, Antonella e Vitorino caminharam em direção a clínica, e logo procuraram o médico para enfim saber o resultado.

_ Doutor, pode nos contar agora o que está no exame. Perguntou Vitorino.

_ Claro meu rapaz, pelo visto toda família está interessada em saber. Bom que vieram. Vamos pra minha sala e lá podemos conversar melhor.

Partiram para a sala e o tom sério do médico deixou a todos bem mais preocupados que antes. O médico nem bem esperou que todos se assentassem e foi logo detalhando:

_ Como eu disse antes, tudo seria mais fácil se diagnosticado antes e no seu caso para transplante ficaria mais rápido achar um doador. Como pode notar pelo que falo, nem sua mãe nem sua irmã são compatíveis com você. Sinto muito, vamos colocar você na fila de doadores e torcer contra o tempo.

O choro tomou conta de todos na sala, menos Antonella que olhava fixamente para Rita. A matriarca dos Panacera se levanta, caminha pela sala e dirigindo-se ao médico diz:

_ O senhor poderia fazer o teste de compatibilidade nela? Falou e apontou para Rita.

_ Nela? Indagou Pietra

_ Em mim?! Por que? Perguntou Rita assustada.

_ Mãe, o que está acontecendo agora? Arguiu Vitorino.

_ Doutor, o senhor nos dá licença? Eu preciso falar algo com minha família.

_ Claro dona Antonella. Fiquem à vontade.

Esperando o médico sair, Rita também se levantou e ia saindo quando foi interrompida por Antonella.

_ Aonde você vai?

_ Sair, aguardar lá fora já que a senhora que falar com sua família.

_ Por isso mesmo você precisa ficar... Minha filha.

_ Mãe, a senhora não tá bem! Exclamou Pietra.

_ Sentem-se, eu vou contar uma história que eu pensei que nunca pensei ter que contar.

Rita é minha filha!

_ Tá maluca mãe? Isso não é hora de fazer graça. Disse Pietra.

_ Deixa eu contar, começou a narrativa já chorando, o nome de seu pai é Enricco Salvatore e vocês estão no Brasil há mais de 40 anos, certo?

_ Certo, como a senhora sabe disso? Perguntou Rita.

_ Conheci seu pai assim que meu esposo entrou para a polícia. Meu casamento estava muito mal e me deixei levar pelos encantos de Enricco. Eu soube que era você quando disse seu sobrenome lá em casa.

_ A senhora traiu meu pai com o pai da Rita? A pergunta de Pietra já veio acompanhada de lágrimas.

_ Sim, e engravidei.

_ Se a senhora nunca se separou de meu pai, como isso pode ser possível? Questionou Vitorino.

_ Ele descobriu a traição nesse momento, e me forçou fazer um aborto mas, eu não fiz! Eu optei por deixar o bebê na casa do Enricco a fazer esse crime!

As lágrimas de Antonella contrastavam com a seriedade assustadora de Rita que nada dizia além de ouvir incrédula aquele relato.

_ Deixem eu terminar. Alfredo me deixou em casa grávida e se já não nos amávamos, depois disso ficou ainda pior. Eu tive o bebê, e de acordo com Enricco ele ficou com a criança. Depois disso nunca mais tive notícias dele. Até que você apareceu, minha filha.

_ Filha? A senhora acha mesmo que sou sua filha? Eu cresci achando que matei minha mãe, cresci com a dor de nunca ter um colo materno e agora depois de anos a senhora aparece dizendo que me abandonou, que eu sou fruto de um adultério e que eu não posso amar o homem que amo porque ele... ele... ele é meu irmão!

Nesse momento todos entenderam por quais motivos Antonella passou a não querer Rita por perto, as lágrimas de Rita e Vitorino ficaram mais intensas.

_ Eu te odeio senhora Antonella! Eu te odeio!

_ Mãe, como a senhora escondeu isso esse tempo todo! O choro de Vitorino embargava sua voz enquanto perguntava.

_ No carro do pai de vocês, eu tenho o certificado de nascimento que prova o meu maior erro na vida. Rita, te peço pelo amor que você diz ter por Vitorino, faça o exame pois eu tenho certeza que você será compatível. Filhos, por favor, eu peço o perdão de todos vocês.

_ Então é isso que a senhora guarda naquele maldito carro? É esse o motivo de ficar lá segurando o envelope e chorando? Mãe, a senhora destruiu a minha vida! Disse Vitorino chorando copiosamente.

_ Vou fazer sim o exame mas, não se atreva a olhar pra mim nunca mais! Eu te odeio. A senhora é a culpada de todos os males que passei na vida e agora, conheci um amor que não posso... odeio a senhora com todas as forças da minha alma. Disse Rita saindo em direção a parte externa da clínica sendo seguida por Pietra.

_ Mãe a senhora acabou com a minha vida! Eu amo uma pessoa daí descubro que ela é minha irmã, eu jamais poderei ter o amor da minha vida como mulher e a culpa é toda sua! Me deixa aqui sozinho!

Antonella aos prantos sai da sala, Pietra vai até Rita e tenta acalmá-la para que possa fazer o teste e assim tudo vem a baixo com a revelação desse segredo e as consequências dele; sem saber o que estava acontecendo, o médico leva Rita para a sala e promete dar o resultado no dia seguinte devido ao alto risco que Vitorino estava sofrendo.

R ita é amparada por Pietra após realizar o exame, não se via mais Antonella que estava trancada no banheiro da clínica aos prantos e Vitorino na sala do médico tentava explicar a ele tudo que estava acontecendo.

_ Rita, vem comigo. Sei que é complicado tudo que ouvimos e até eu mesma estou tonta, caraca! Você é minha irmã! Olha, eu sei que não foi fácil pra nossa mãe, eu vi todo sofrimento dela esses anos todos e agora sei que o motivo era ter te abandonado. Tudo se explica, ela sempre foi uma mulher amargurada e agora posso entender o motivo.

_ Nossa mãe? Sua mãe! Ela não é nada minha Pietra. Eu não tive mãe e sempre achei que matei no parto e agora vejo que não matei, eu fui morta por ela! Disse Rita ainda chorando enquanto Pietra ia conduzindo pelas ruas.

_ Mocinha, escuta o que vou te dizer. Tem uns dias que você me falou de Deus, do seu Deus, e lembro bem que você disse sobre amor, perdão e tudo isso agora você precisa me mostrar na prática, não acha? Falou Pietra enquanto guiava Rita para a comunidade sem que ela percebesse.

_ Tá bom, você está certa mas, concorda comigo que não é fácil assim? Envolve toda a minha vida. Pra onde estamos indo?

_ Vou te levar pra ficar um pouco comigo, você não está legal pra ficar sozinha. Explicou Pietra.

_ Sabe, acho que vai ser legal ter uma irmã e ainda mais sendo caçula; sempre quis. E com um abraço lateral, as duas começam a se entrelaçar como irmãs.

Quando já iam chegando até a comunidade de Sibite, passando próximo por alguns policiais, Pietra esconde o rosto como de hábito mas ainda assim...

_ Hey tenente, olha ali! Aquela menina parece com a ruiva que ajudou na fuga da delegacia! Olha lá, olha pra ela!

_ Hey vocês duas, para aí! Disse um dos policiais apontando para Pietra e Rita.

_ Vem Rita, corre! Corre! Gritou a apavorada Pietra.

_ O que é isso? O que está acontecendo? Pergunta Rita sendo puxada pelo braço por Pietra.

Os policias começam a perseguir as duas dando ordens para que parem, Pietra pega o celular e disca e do outro lado após três toques Sibite atende.

_ Oi Maluquinha! Cadê você?

_ Amor, deu ruim! Estou na subida da comunidade e alguns policiais estão atrás de mim. Socorro!

_ Tô descendo, só corre!

Ao desligar o celular, Sibite grita:

_ Godzilla "vamo" descer que a minha princesinha tá sendo seguida por alguns "vermes" chama geral que o "côro vai comê"

As ordens de Sibite são atendidas de imediato e uma grande quantidade de bandidos oriundos da comunidade começa a descer armados de forma pesada em busca do resgate da Princesinha do Sibite; lá embaixo as duas fugitivas correm sem parar ouvindo ameaças de disparos caso não parem. Ignorando esse perigo, Rita e Pietra correm até que chegam próximo a subida da comunidade onde já estão sendo esperadas pela tropa do Sibite. E começam os tiros... De um lado dois policiais acuados pela tropa e do outro traficantes e bandidos sedentos pelo sangue dos homens da lei.

_ Tenente, chama reforços! Achamos todos que estamos procurando durante todo esse tempo!

Pelo rádio o tenente convoca todos os batalhões próximos para o combate e a mensagem é clara:

"Venham preparados para guerra, hoje esse bandido cai!" Escondidos entre os carros os policiais esperam por ajuda enquanto são metralhados pela tropa de Sibite que já vinha chegando preocupado com sua amada. Pelo caminho, ordena que não parem de atirar até que a Princesinha estivesse em segurança.

Os reforços começam a chegar, vários soldados de outros batalhões se acampam por ali e já chegam despejando tiros para cima da tropa inimiga. BOPE, CORE, PM, POLÍCIA CIVIL... todos vieram atendendo ao chamado para deter um dos mais procurados homens do Rio de Janeiro, o Toninho Sibite.

Pietra e Rita conseguem se abrigar, mas ainda corriam perigo devido ao volume intenso de tiros! De longe, Pietra avista o cordão em forma de cifrão e reconhece que Sibite chegou ao combate e isso traz pra ela um certo conforto em meio àquela circunstância. A batalha torna-se campal e já se podia contabilizar feridos de ambos os lados, mas nem assim parava-se um só minuto de ouvir os tiros que aumentavam de forma gradativa.

_ Quero o sangue dele! Gritou um dos comandantes.

_ Mandem bala nesses vermes! Ordenava Godzilla.

_ Pietra é aqui o seu ambiente? É desse modo que você quer viver, fugindo? Perguntou Rita.

_ Agora, eu só quero chegar até o Sibite. Respondeu Pietra.

Em momento de descuido, Godzilla parou para recarregar seu fuzil, mas posto em pé, tornou-se alvo fácil e foi atingindo várias vezes com tiros de fuzil e foi morrendo ali mesmo de forma fulminante aos pés de seu chefe Sibite.

_ Maninho... não, você não... volta, reage cara, volta! Gritava Sibite sacudindo o corpo de Godzilla.

Mas já era tarde para ele, morreu e agora a sede de vingança corria pelas veias de Sibite que de forma insana começou a atirar contra os policiais.

_ Vem Rita, vamos correr mais um pouco e estaremos a salvo. Sentenciou Pietra.

_ Nesse tiroteio? Tá louca?

_ Não temos opção, vem comigo!

E correram em meio a tudo que puderam usar como escudo e chegaram à metros de onde estava Sibite. Ele olha para Pietra e sorri ao mesmo tempo que observa um atirador de elite posicionado em um prédio alvejando Pietra. Sibite corre em direção de Pietra gritando para que ela se abaixe, mas quem pode ouvir algo com tantos tiros?

Estavam os dois a poucos passos um do outro, Pietra de braços abertos para Sibite e ele somente olhando fixo em seus olhos temendo o pior... E aconteceu. O atirador mira e sem pestanejar atira contra Pietra que nada viu, nada entendeu... E entendeu menos ainda quando Sibite pulou em sua direção e cai sangrando por ter recebido um disparo, disparo esse que seria em Pietra.

_ Não amor! Não! Olha pra mim, você vai ficar bem, olha só pra mim! Grita a desesperada Pietra.

_ Maluquinha... tá doendo.

Rita se aproxima e vê que o tiro perfurou o corpo de Sibite e começa a conversar com ele tentando de alguma forma, ao seu ver, ajudar.

_ Olha, eu não te conheço, mas sei muito de você. E sei também que está chegando a sua hora de morrer. Quero te propor rápido que aceite a Cristo para que você morra em paz e seja salvo.

_ Cristo? Quem é você? E o que esse Cristo pode fazer por mim agora? Pergunta Sibite gaguejando e balbuciando.

_ Salvar sua alma. Responde Rita.

_ Aceita amor! Aceita! Grita Pietra.

_ Maluquinha, toma. Fica pra você o cordão dessa vez eu não volto.

_ Cara, deixa a sua alma ter paz. Cristo pode te salvar ainda que você esteja assim, à beira da morte. Insistiu Rita.

_ Pra mim já era garota, me acertaram em cheio. Maluquinha... Maluquinha... eu nunca disse mas, eu... eu te...

E agarrado ao cordão, e olhando fixo para Pietra, foi fechando os olhos enquanto seu sangue ia se esvaindo sem completar a frase que durante todo o romance que tiveram Pietra sonhou ouvir. Morria ali Toninho Sibite para total e completo desespero de Pietra que nem percebia que alguns policiais estavam vindo prendê-la.

_ Volta! Você disse que sempre volta então volta! Gritava Pietra ao mesmo tempo em que ia sendo algemada.

_ Você está presa! Tem o direito de permanecer calada... Ia citando os direitos dela o policial, algemando e levando em direção ao carro do batalhão.

Os demais traficantes vendo a morte de Sibite, um a um começaram a correr de volta ao topo do morro mas dessa vez todos dos batalhões que estavam no combate subiram atrás, era o fim de um reinado naquela comunidade.

Rita, sem muito entender, apenas chorava por tudo: ver presa a amiga, e saber que sempre teve uma mãe que a abandonou. Era uma mistura dentro dela e sua fé a fazia entender que era necessário o perdão.

Rita liga para Vitorino e de modo bem seco e frio avisa o que acabara de acontecer com Piertra, ele fica chocado e teme pela saúde de sua mãe ao contar essa notícia. Os jovens mal sabem o que conversar devido aos últimos acontecimentos envolvendo suas vidas.

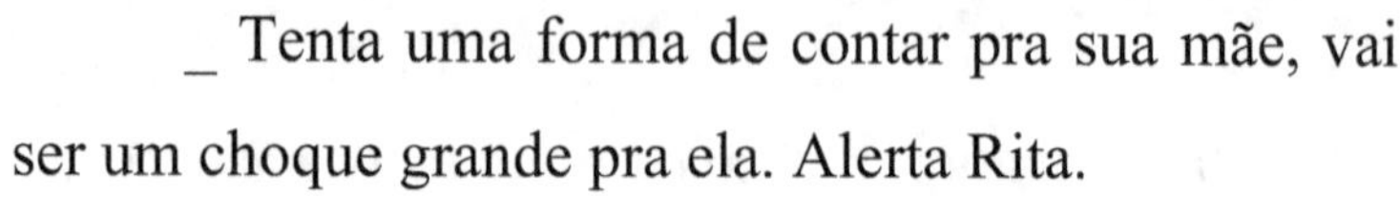

_ Tenta uma forma de contar pra sua mãe, vai ser um choque grande pra ela. Alerta Rita.

_ Minha mãe não Rita, ela é nossa mãe lembra?

_ Sua. Eu não tive mãe.

_ Entenda que está doendo muito em mim saber disso tudo, não está fácil perder você como um amor para passar a te ver como irmã. Você sempre me falava de Deus e de como Ele mudou a sua vida, será que não está na sua hora de viver Deus? Precisamos perdoar nossa mãe.

Rita nada diz e apenas encerra a ligação.

_ Mãe, tenho algo pra contar. A Pietra está presa!

_ O que? Minha filha está o que? Responde Antonella.

E Vitorino vai contando para mãe tudo que ouviu de Rita, toda a história de como a Pietra passou a ter envolvimento com bandidos ao ponto de ter um caso com um deles. Um choque para Antonella que agora se arrumava pra tentar achar a filha e soltá-la.

Um saldo de horror, medo e dor tomaram conta da cidade com o intenso tiroteio. Rita sai dali com o desejo de encontrar e ajudar Pietra, mas teme por reencontrar Antonella e Vitorino. Então caminha com passos desapercebidos até que decide ir ao templo orar; lágrimas já não eram suficientes e ela precisa de algo mais forte.

Chegando no templo, caminha em direção ao altar quando é interrompida pelo missionário:

_ Olá! Eu me lembro de você, você esteve aqui com um rapaz hoje cedo certo? Porque esse semblante de choro?

_ Sim, eu mesma. Estivemos aqui pra resolver um problema dele e acho que arrumei um pra mim. Assim, de pouco em pouco com riqueza de detalhes, Rita vai contanto ao missionário tudo que estava acontecendo com ela e todas as dúvidas alojadas em sua cabeça.

_ Filha, escute com atenção esse trecho: *"Suportai-vos uns aos outros, perdoai-vos mutuamente, caso alguém tenha motivo de queixa com outro. Assim como o Senhor vos perdoou, assim também perdoai vós"* **(Colossenses 03:13)**. Eu faço ideia de como está doendo em você, sei que dentro da sua cabeça devem estar passando as piores sensações, mas veja o que nosso Deus disse! O perdão vem para nós quando o damos para alguém. Pode parecer complicado, porém não é. Lembra que você recebe aquilo que você dá?

_ Lembro. Respondeu a comovida Rita.

_ Então por mais difícil que possa parecer você vai precisar perdoar sua mãe de todo o seu coração. Sabe, tem pessoas que sofrem e aparentemente não sabem o motivo e, na verdade, a mágoa que elas carregam dentro do coração é o causador de todos os males. Filha, vá pra sua casa, ore, descanse e amanhã quando você estiver frente a frente com ela, veja o que Deus falará ao seu coração.

_ Eu estava indo ver o que minha irmã está precisando na delegacia.

_ Não vá, hoje você não está em condições de ajudar ninguém. Vá pra casa e deixe que o amanhã traga os seus benefícios. Só lembre-se que: *"Se perdoardes aos homens suas ofensas, também vosso Pai Celeste vos perdoará..."* **(Mateus 6:14)**

Rita agradeceu, foi altar e fez uma pequena prece, em seguida foi para casa como foi orientada.

Antonella e Vitorino chegam à delegacia e ficam sabendo que Pietra está sendo acusando de pertencer a quadrilha de Sibite e de ter ajudado na fuga dele da delegacia. Constam contra ela o depoimento da ex-colega de trabalho que quando soube do ocorrido foi depor e dizer que a mando de Pietra ela tivera sido torturada. Souberam também que nada poderiam fazer pois Pietra iria aguardar seu julgamento num presídio.

A queda da Princesinha do Sibite acontecera da maneira mais humilhante possível.

Caí a noite... Antonella em claro, Vitorino entra em seu quarto e faz um pedido inusitado:

_ Mãe, me dá a chave do carro. Vamos acabar com esse fantasma.

_ O que você quer nele filho?

_ pegar o envelope, tirá-lo de lá, e arrancar essa chave do seu pescoço. Acabou mãe, todos nós já sabemos e estamos sofrendo as consequências desse segredo.

Antonella concorda e entrega a chave ao filho que retira o envelope do carro e comprova que realmente existe um certificado de nascido vivo nele; Vitorino pega a chave e deixa jogada na mesa da sala juntamente com o certificado; era o fim do segredo, mas as consequências do mesmo iriam durar por muito mais tempo.

Rompe a aurora de um novo dia...

Passava poucos minutos das 8 horas da manhã quando Vitorino recebe a ligação do médico. Ele atende sem esconder a ansiedade pela notícia e com o celular em mãos vai caminhando em direção de sua mãe.

_ Bom dia doutor, tudo bem sim.

_ Rapaz, quero que você e a jovem Rita venham pra cá o mais cedo possível. Vocês são compatíveis e iremos fazer o procedimento o quanto antes. Você não tem muito tempo.

_ Tá certo doutor, obrigado! Vou avisar para que ela esteja comigo aí na clínica. Mãe, Rita e eu somos compatíveis e o médico quer que a gente vá para lá.

_ Que ótima notícia filho. Vamos arrumar tudo, liga pra sua irmã e vamos. Disse a esperançosa Antonella.

Ao saber que poderia ajudar Vitorino, brilhou uma luz de esperança em Rita que de pronto se licenciou do emprego e partiu em direção à clínica. O procedimento seria demorado, mas não era essa a sua maior preocupação e sim o reencontro com sua mãe. Qual seria sua reação?

Rita chegou na clínica e nem sequer procurou por outra pessoa a não ser o médico e já adiantou que estava pronta para qualquer procedimento que fosse necessário. Minutos depois disso, chegam à clínica Vitorino e Antonella e os olhares são carregados da mais pura emoção. A comoção toma conta do lugar e Rita caminha lentamente em direção de Antonella e a abraça... demoradamente... com muita intensidade... A voz de Rita meio que embargada sussurra ao ouvido dela: "Eu te perdoo minha mãe" e isso é o suficiente para que ambas comecem a chorar ainda abraçadas.

_ Lamento ter que interromper esse momento, mas precisamos coletar logo o material e realizar o transplante. Vamos Vitorino, vamos Rita chegou o momento de vocês. Disse o médico.

Realizado o procedimento, era hora de aguardar dias para a recuperação... e eis que se passam os dias...

Após voltarem para casa Vitorino retoma sua vida de um modo diferente; agora completamente curado devido ao transplante, ele alterna suas buscas de um novo emprego com as idas à igreja junto com sua mãe e Rita. Ele mantém o constante desejo de crescer e nem de longe lembra o rebelde que andava pelas ruas do Rio de Janeiro sem rumo.

Rita convive com sua mãe e irmão de forma harmoniosa, retornando os afazeres como antes, externa um sorriso de quem tem a presença de Deus e o conforto por ter apagado uma marca triste de sua história. A felicidade de ter uma família completa move seus ideais e a jovem busca constantemente levar essa felicidade para as pessoas.

Na prisão Pietra é visitada por seus irmãos e mãe que sempre falam de Deus e das transformações que Ele tem feito dentro deles; dentro do presídio ela conhece um trabalho evangelístico e cansada de ser uma pessoa amarga, sofredora e abandonada resolve entregar sua vida para Deus lá mesmo no cárcere. A promessa é sair e refazer os seus caminhos, ser uma nova pessoa por meio da nova fé.

Em síntese, é assim mesmo que funciona. Quando um passo é dado em relação à Deus Ele imediatamente aceita aquela pessoa sem se importar como foi o passado dela; para Deus somos almas sedentas que precisam da água que somente Ele pode nos dar. As consequências do segredo da família Panacera serviram para afundar todos eles, mas através desse infortúnio eles puderam dar uma guinada em suas vidas quando deixaram Deus entrar. Não apenas na ficção, não apenas em histórias, mas na vida de todo aquele que vem à Ele é possível chegar nesse final. O final das dores, sofrimentos e mazelas ainda estas estejam sendo vividas já a muitos e muitos anos.

A família Panacera encontrou de modo doloroso a resposta para todas as perguntas que vinham em sua mente durante anos, e hoje temos várias pessoas que procuram encontrar respostas mas, só acham mais perguntas, mais lamúrias e muito mais sofrimento. Será que não está na hora de reverter isso mudando o local de se fazer as perguntas? O mesmo Deus que mudou a vida de Rita agiu nos Panacera e os fez mudar seus pensamentos, isso não é ficção! Isso é a mais pura realidade e pode acontecer com todos que vem até Ele... o acesso é simples, Ele só precisa de um coração aflito que esteja cansado de sofrer e deseje realmente mudar.

Tomara que essa história tenha aberto a sua mente, e assim você possa encontrar a Cristo.

"Para que todo aquele que nele crê não pereça, mas tenha a vida eterna. Porque Deus amou o mundo de tal maneira que deu o seu Filho unigênito, para que todo aquele que nele crê não pereça, mas tenha a vida eterna. Porque Deus enviou o seu Filho ao mundo, não para que condenasse o mundo, mas para que o mundo fosse salvo por ele. Quem crê nele não é condenado; mas quem não crê já está condenado, porquanto não crê no nome do unigênito Filho de Deus."

João 3:15-18

"O mundo está

nas mãos de quem

sabe usar as palavras"

Carlos Martins

Os Autores

Já que precisa ser dito, o autor Carlos Martins nasceu em São João de Meriti (RJ),e também é autor do livro O MUNDO PRECISA SABER, tem formação acadêmica em Administração pública além de ser técnico em logística porém isso nada tem a ver com a construção desse livro que pode ser atribuída ao gosto pela leitura e o hábito de escrever poesias desde sua infância; Carlos elaborou essa obra junto com sua esposa Fernanda Santos (Aracaju/SE) onde buscaram mostrar uma história que apresentasse ao leitor uma opção de mudança de vida diferente das impostas pela sociedade. Atualmente os autores mesclam seus trabalhos como Assistente administrativo com a escrita fazendo dela um hobby que, na concepção dos autores, pode transformar vidas através da mudança de pensamento.